George Lovett Bennett

Easy Latin Stories for Beginners

With Vocabulary and Notes

George Lovett Bennett

Easy Latin Stories for Beginners
With Vocabulary and Notes

ISBN/EAN: 9783337389314

Printed in Europe, USA, Canada, Australia, Japan

Cover: Foto ©Andreas Hilbeck / pixelio.de

More available books at **www.hansebooks.com**

EASY
LATIN STORIES
FOR BEGINNERS

With Vocabulary and Notes

BY

GEORGE L. BENNETT, M.A.

HEAD MASTER OF SUTTON VALENCE SCHOOL.

PREFACE.

THE aim of this book is to supply easy stories illustrating the elementary principles of the Simple and Compound sentence. Short selections from the *Public School Primer* (for permission to use which I am indebted to the Rev. Canon Kennedy) are printed at the head of the Notes to each Part : explanation of these is left to the master. The Geographical and Historical Notes are very brief, as they are intended for boys who are not likely to be acquainted with Ancient History. I am greatly indebted to my friend Mr. Arthur Sidgwick for most valuable and constant help, and for his kindness in revising the whole work. I have also to thank the Rev. F. D. Morice for corrections in the text, and Mr. J. S. Phillpotts, Head Master of Bedford School, for some most useful suggestions. Most of these stories are adapted from an old translation of Herodotus by Schweighaeuser.

G. L. B.

CONTENTS.

PART III.

PART IV.

EASY LATIN STORIES FOR BEGINNERS.

I.—THE STORY OF ARION.

Arion, after travelling abroad, hires a vessel to take him home.

1.—ARION citharista praeclarus erat. Is diu apud Periandrum Corinthiorum regem versatus erat. Tum in Italiam Siciliamque navigare cupivit. Ingentibus opibus ibi comparatis, Corinthum redire voluit. Itaque Tarento, urbe Italiae, profectus est; ibi navigium hominum Corinthiorum conduxerat.

The sailors form a plan to rob and murder him.

2.—Hi autem eum in mare proiicere constituerunt; pecunia enim potiri cupiebant. Tum vero Arion consilium intellexit. Tristis ad preces confugit. Pecunia omni nautis oblata, vitam deprecatus est. Nautae vero precibus viri non commoti, mortem ei statim minati sunt.

Arion sings a beautiful song, and leaps overboard.

3.—In has angustias redactus Arion, in puppi stetit, omni ornatu suo indutus. Tum unum e carminibus canere incepit. Nautae suavi carmine capti e puppi mediam in navem concesserunt. Ille omni ornatu indutus, capta cithara, carmen peregit. Cantu

A

peracto in mare se proiecit.   Tum nautae Corinthum naviga-
verunt.

He is miraculously saved by a dolphin.

4.—Arion autem a delphine exceptus dorso Taenarum delatus
est.   Egressus in terram, Corinthum cum eodem habitu contendit.
Ibi nautarum facta narravit.   Periander autem ei credere noluit.
Arion igitur in custodia ab eo retentus est.

The wicked sailors are detected and punished, and Arion is rewarded.

5.—Interim nautae Corinthum advenerunt.   A Periandro inter-
rogati sunt de Arione.   Turpissime mentiti sunt omnes.   Subito
Arion apparuit cum eodem ornatu.   Attoniti nautae scelus
confitentur.   A rege Periandro omnes interfecti sunt, et multum
pecuniae Arioni datum est.

II.—THE HABITS OF THE MASSAGETAE.

6.—Utuntur Massagetae et vestimento et vitae ratione simili
Scytharum.   Ex equis pugnant; arcu et hastis utuntur.   Ad
omnia auro utuntur aut aere.   Ad hastas, ad sagittarum cuspides
aere utuntur; ad capitis ornatum, et ad lumborum cingula,
auro.   Argentum et ferrum in eorum terra non reperiuntur; sed
aeris et auri est immensa copia.   Senes interficiunt propinqui, et
pecudes cum iis; cocta carne deinde epulantur.   Terra autem
condunt morbo mortuos.   Sementem nullam faciunt: cibus eorum
ex pecoribus, piscibus, lacte, constat.   Deorum unum Solem
colunt: huic equos immolant.

III.—BEASTS IN EGYPT AND LIBYA.

7.—In Aegypto paucae bestiae reperiuntur.   Itaque omnes
sacrae habentur.   Feles canesque coluntur.   Mortua fele in

quavis domo, omnes aedium illarum incolae supercilia sola radunt: mortuo cane, totum radunt corpus et caput.   Mortuae feles in sacris sepulcris, Bubasti in oppido sepeliuntur.   Canes mortuos in suo quisque oppido sepeliunt.   Mures etiam, araneos, accipitres. ibes, ichneumones, colunt.

The hippopotamus.

8.—Hippopotami a nonnullis Aegyptiis sacri habentur; ab reliquis vero non sacri.   Horum natura atque species talis est. Quadrupes animal, bisulcum, ungulis bovinis, simo naso, iuba equina, dentibus prominentibus, cauda et voce equina: magnitudine tauris sunt similes.

The phoenix.

9.—Est etiam avis sacra, nomine phoenix.   Perraro Aegyptum adit, ex quingentorum annorum intervallo.   Advenit autem mortuo patre suo.   Est tantus atque talis; pennarum color, aliorum aureus, aliorum ruber; specie et magnitudine aquilae simillimus est.   Phoenix ex Arabia profectus, in Solis templum portat patrem suum, myrrha circumlitum, et in templo Solis sepelit.

The winged serpents and the ibis.

10.—Ineunte vere in Aegyptum advolant volucres serpentes. Ibides autem aves illis occurrentes, aditu prohibent, necantque serpentes.   Ob hanc caussam magni aestimantur ibides ab Aegyptiis.   Species autem ibidis talis est; colore nigro avis est, pedibus gruis, rostro adunco.   Serpentum forma similis est formae hydrarum.   Alas habent non pennatas, sed vespertilionis alis similes.

Wonderful animals in Libya.

11.—Sunt in Libya immani magnitudine serpentes, sunt ibidem leones, et elephanti, et ursi, et aspides, et asini cornuti.   Sunt

etiam homines capita canum habentes. Sunt alii sine capitibus,
oculos in pectore habentes, et feri homines. Sunt etiam mures
bipedes, et parvi serpentes singulis cornibus instructi. Denique
magnus numerus mirarum bestiarum in his regionibus invenitur.

The crocodile.

12.—Crocodili autem natura haec est. Per quinque menses
hibernos cibum nullum capit. Quadrupes est terram pariter et
aquam habitans : ova enim parit excluditque in terra, et maiorem
partem diei in sicco versatur, noctu vero in fluvio : est enim aqua
noctu magis calida quam terra rore conspersa. Omnium vero
animalium hoc ex minimo fit maximum. Ova enim haud multo
maiora sunt ovis anseris : at pervenit ad septemdecim cubitorum
longitudinem. Habet autem oculos porci, dentes vero magnos.
Solum ex omnibus animalibus linguam non habet : neque infe-
riorem maxillam movet. Habet autem ungues robustos, et cutem
squamatam. In aqua quidem caecus est, in aere bene videt.
Os habet intus plenum hirudinibus. Iam aliae quidem aves et
bestiae illum fugiunt : cum trochilo autem pacem colit. Hic
utilem ei operam praestat : nam in os eius sese insinuans hiru-
dines devorat.

Strange pets.

13.—Sunt autem crocodili aliis Aegyptiis sacri ; aliis non item,
sed hi illos ut hostes persequuntur. Omnes circa Thebas et Moe-
ridis lacum incolae sacros illos ducunt. Horum utrique unum
maxime crocodilum alunt, manu tractari edoctum. Auribus in-
aures inserunt, et anteriores pedes aureis armillis ornant. Eundem pascunt : mortuum sacro in sepulcro sepeliunt.

IV.—A NEGRO REGIMENT.

14.—Aethiopes, pardorum leonumque pellibus amicti, arcus habent praelongos : sagittas vero breves : his pro ferro lapides acuti

praefixi sunt.   Hastas praeterea habent, his praefixa sunt cornua cervorum : habent etiam clavas nodosas.   Corporis dimidium, in pugnam prodeuntes, creta dealbatum habent, dimidium minio pictum.   Alii caput tectum habent pelle equina, de capite equi detracta, cum auribus et iuba.   Pro scutis gruum pellibus corpora tegunt.

V.—THE EQUIPMENT OF PERSIAN SOLDIERS.

15.—Persae hoc modo instructi sunt.   In capite pileos gestant ; hos tiaras vocant : circa corpus, tunicas manicatas varii coloris, et loricas ferreis squamis in piscium similitudinem : circa crura, braccas : pro clipeis vero, crates vimineas.   A tergo suspensas habent pharetras : hastae breves sunt, arcus vero grandes, tela ex arundine : praeterea ad dextrum femur e zona suspensus est pugio.

VI.—THE STORY OF ATYS.

Croesus has a bad dream about his son Atys.

16.—Croeso, Lydiae regi, filius erat, nomine Atys.   Hunc Croesus in somnio vidit, ferrea cuspide traiectum et cruore conspersum.   Expergefactus ille, domi filium retinet ; deinde iacula et hastas abdit in arca.

He purifies a man who comes to him stained
with crime.

17.—Interim Sardes vir advenit obstrictus scelere.   Eum Croesus expiavit, et benigne accepit.   Tum eum percontatur his verbis : ' Quis es ? quem virum occidisti ?'

The stranger tells his story—Croesus receives him as a friend.

18.—Respondit hospes talia: 'O rex, Gordiae sum filius, est autem mihi nomen Adrasto. Fratrem meum iuvitus occidi. Adsum a patre eiectus, rebus omnibus destitutus.' Tum Croesus inquit: 'Ex viris amicis oriundus es, et ad amicos venisti.' Ita ille in Croesi aedibus vitam agebat.

A huge wild boar ravages the country.

19.—Per idem tempus in monte Olympo aper exstitit mira magnitudine. Hic Mysorum arva vastabat.

The people beg Croesus to send his son to kill it.

20.—Mysorum legati ad Croesum venere haec dicentes: 'Apparuit, o rex, in regione nostra immanis magnitudinis aper. Hic agrestia opera omnia corrumpit. Mitte filium tuum et delectos iuvenes canesque; nam beluam e terra nostra tollere volumus.'

Croesus refuses.

21.—Haec illis precantibus Croesus, somnium recordatus, ita respondit: 'Filii quidem mei ne amplius feceritis mentionem. Non enim illum vobiscum emittere possum. Lydorum autem delectam manum canesque mittam.'

Atys implores his father to let him go.

22.—Auditis Mysorum precibus intervenit Atys. Patrem movere his verbis conatur: 'Antehac, o pater, hoc mihi honestissimum et nobilissimum visum fuit, bello et venatione gloriam parare. Ne igitur me domi retinueris. Quis tandem esse videbor civibus? Qualis videbor uxori?'

Croesus gives his reasons for refusing.

23.—Itaque Croesus talia respondit: 'Mi fili, in somnio nuper te cuspide ferrea interfectum vidi. Ob hanc caussam domi te custodio.'

Atys urges him to let him go, and gives an explanation of the dream.

24.—Rursus adolescens ita locutus est: 'Ferrea cuspide me traiectum vidisti. At apro quaenam sunt manus, quaeve ferrea cuspis? Nihil dictum est de iniuria a dentibus suscepta. Quare abire me patere, mi pater.'

Croesus at length gives way.

25.—Tum Croesus: 'Fili,' ait, 'me vincis, sententiam somnii declarans. Itaque veniam tibi do venatum exeundi.'

And gives him in charge to Adrastus.

26.—His dictis, Adrastum advocatum ita allocutus est: 'Adraste, ego te calamitate obstrictum expiavi, et in meas aedes recepi. Nunc ergo, debes enim de me bene mereri, custos sis filii mei venatum exeuntis.' Respondit Adrastus: 'Paratus sum exsequi mandatum. Filius tuus, o rex, custode me, incolumis redibit.'

Adrastus kills Atys by accident, and fulfils the dream.

27.—Proficiscuntur igitur cum delectis iuvenibus canibusque. Beluam inventam iaculis adoriuntur. Casu Adrastus Croesi filium ferit. Itaque ille, cuspide ictus, somnii monitum explet.

Croesus pardons him, but he commits suicide.

28.—Croesus, filii morte nuntiata, consternatus est. Adrastus sese tradidit Croeso. 'Interfice me,' dixit, 'super cadavere filii.'

Illi Croesus : ' Ignosco tibi, Adraste. Illud invitus fecisti. Non tu auctor es huius mali, sed deorum aliquis. Hoc mihi somnium iam pridem significavit.'   Adrastus autem se ipse super busto iugulavit. Croesus vero, filio orbatus, duos annos ingenti in luctu remansit.

VII.—A CROCODILE HUNT.

29.—Venatio crocodilorum multis atque variis modis instituitur. Suis tergus, pro esca hamo insertum, in medium flumen demittit venator. Ipse in ripa fluminis vivum porcellum ferit. Crocodilus, audita voce, ad sonum accurrit. In tergus vero suis incidens, illud deglutit, moxque in terram attrahitur. In terra extracti crocodili oculos luto oblinit venator. Tum facillime interficitur.

VIII.—ARTAYCTES.

Deceit and sacrilege.

30.—Sesto olim praeerat Artayctes Persa. Hic Xerxem Athenas contendentem deceperat, Elaeunti clam ablatis Protesilai thesauris. Xerxem autem deceperat his verbis usus : ' O rex, hic habitavit Graecus quidam. Is olim in regnum tuum expeditionem faciens interfectus est. Nunc mihi da, oro, huius divitias : ita enim omnes in te expeditionem facere nunquam postea audebunt.' Itaque Xerxes deceptus, Protesilai domum Artaycti tradidit. Hic vero omnia Elaeunti ablata Sestum secum portavit.

Vengeance overtakes him.

31.—Postea vero Artaycten ex improviso adorti Athenienses, Sestum diu obsederunt. Persae tandem intra moenia ad angustias redacti, funibus lectulorum vesci coacti sunt. His consumptis, Artayctes noctu cum filio in fugam se recepit. Mox tamen

ab Atheniensibus captus, in vinculis Sestum iterum ductus
est.

A strange story.

32.—Dicitur tale prodigium accidisse uni e custodibus, pisces
sale conditos coquenti. Pisces in igne iacentes insilire inceperunt
quasi nuperrime capti. Obstupuerunt omnes: sed Artayctes,
viso prodigio, homini dixit: 'Hospes Atheniensis, ne hoc prodigium veritus sis, non enim tibi oblatum est. Hoc ad me
pertinet. Protesilaus ipse in his piscibus est: mihi etiam dixit:
" Te, o Artaycta, punire possum ob ablatas divitias." Nunc
igitur ei divitias restituere volo: pro pecuniis e templo Protesilai
sublatis, centum talenta dabo: pro me et filiis meis ducenta
talenta Atheniensibus solvam.'

The fate of Artayctes.

33.—Ne hoc quidem modo Xanthippo, Atheniensium duci,
suadere potuit: instabant enim Elaeuntini dicentes: 'Interficito
Artaycten;' et interficere eum volebat ipse Xanthippus. Itaque
cruci alligatum sublimem extulere; et filius eius ante oculos
lapidibus oppressus periit. Tali modo Protesilai dirae ultrices
Artaycten punierunt.

IX.—ANECDOTES.

Contempt of pain.

34.—Pueri Spartani non gemunt flagellis lacerati. Adoles-
centes Spartae decertant manibus, pedibus, unguibus, dentibus
denique, maluntque interfici, quam vinci. Puer etiam Spartanus
dicitur in sinu vestis vulpem celasse, et bestiae dentibus necatus
esse, nec gemitum edidisse: praeclarum enim apud Spartanos

habebatur aliquid clam abstrahere ; deprehendi vero, turpissimum.

The trial of Sophocles.

35.—Sophocles ad summam senectutem tragoedias fecit : videbatur autem rem familiarem negligere propter studium. Itaque a filiis in ius vocatus est. Hi iudices orabant his verbis : ' Patrem desipientem a re familiari removete.' Tum senex dicitur tragoediam illam praeclaram, Oedipum Coloneum, recitasse iudicibus, et quaesisse, ' Num hoc carmen desipientis videtur ?' Hoc recitato, sententiis iudicum est liberatus.

Respect paid to age.

36.—Lysander Lacedaemonius hoc dixisse dicitur ; ' Lacedaemone optime vivere possunt senes.' Nusquam enim tantum tribuitur aetati, nusquam est senectus honoratior. Athenis olim, ludis institutis, quidam in theatrum grandis natu venit, nec ei locus datus est a suis civibus ; tum ad legatos Lacedaemonios accessit ; hi autem omnes consurrexere et seni locum dederunt. Hoc factum probantibus Atheniensibus, unus e legatis dixit, ' Athenienses quidem sciunt recta facere, sed facere nolunt.'

Diogenes.

37.—Diogenes moriens dixit : ' Proiicite me, ne in sepulcro posueritis.' Tum amici : ' Volucribusne et feris ?' ' Minime vero,' inquit, ' sed telum propter me ponitote : hoc feras a me abigam.' ' Quomodo poteris ?' illi responderunt : ' non enim senties.' ' Quid igitur mihi nocebunt ferarum dentes et volucrum rostra, nihil sentienti ?'

Anaxagoras.

38.—Praeclarum fuit responsum illud Anaxagorae philosophi. Is enim, Lampsaci moriens, quaerentibus amicis, ' Visne in patriam auferri?' inquit: 'Minime: undique enim ad Inferos eadem est via.'

Lysander at Sardis.

39.—Cyrus minor, princeps Persarum praestans ingenio atque imperii gloria, Lysandrum Lacedaemonium, virum summae virtutis, Sardibus olim hospitio excepit. Huic quemdam agrum diligenter cultum ostendit. Miranti autem Lysandro arbores, et humum cultam et bene dispositos ordines, Cyrus respondit: 'Ego omnia illa disposui: mei sunt ordines; multae etiam illarum arborum mea manu sunt satae.' Tum Lysander, videns ornatum eius multo auro eximium, dixit : 'Recte vero te, Cyre, beatum ferunt, virtuti enim tuae divitiae additae sunt.'

Contempt of death.

40.—Quam magno animo fuit Theramenes! Olim enim in carcerem ex mandato triginta tyrannorum coniectus, venenum bibit, et reliquum e poculo in vas emisit. Sonitu autem reddito, ridens inquit, 'hoc pulcro Critiae.' Critias autem in eum crudelissimus fuerat. Graeci enim in epulis poculum alicui tradituri, eum nominare solent.

Socrates.

41.—In eundem carcerem paucis post annis Socrates iit, eodem scelere iudicum. Qui est igitur eius sermo apud iudices? 'Lubenter,' inquit, 'morti obviam ibo. Alterum enim de duobus fiet: aut sensus omnino omnes mors auferet, aut in alium quendam ex his locis abibimus. Itaque aut somno fruemur, aut cum optimo quoque cive loqui poterimus et versari.'

The Spartans.

42.—Pari animo Lacedaemonii Thermopylis ceciderunt. Quid illorum dux Leonidas dicit? 'Pergite animo forti, Lacedaemonii : hodie apud inferos coenabimus.' Nonne etiam Lacaena pariter fortis fuit? Haec enim, filii morte nuntiata, 'In hunc · finem peperi filium,' dixit.

Theodorus.

43.—Cyrenaeum Theodorum philosophum praeclarissimum nonne miramur? Lysimacho regi crucem minanti, 'Istis,' inquit, 'ista crudelia minare primoribus tuis : haec ad Theodorum nihil attinent : humi putrescere aut in aere, idem est.'

Peace or war.

44.—Romani legatos Carthaginem miserunt. Horum unus, sinum vestis monstrans, talia dixit : 'Sunt mihi in hoc sinu pax et bellum ; utrum pacem an bellum mavultis?' Responderunt Carthaginienses : 'Utrumlibet accipiemus.' Tum dixit Romanus : 'Bellum do vobis.' Contra Carthaginienses : 'Lubenter bellum accipimus.'

The best fortifications.

45.—Quidam olim Spartano dixit : 'Cur moenia non habet Sparta?' Contra Spartanus inquit : 'Ne mentitus sis, optime ; moenia praestantissima, incolarum scilicet virtutem, urbs nostra habet.'

Phocion.

46.—Phocion Atheniensis pauper erat. Olim centum talentis ab Alexandro, Macedonum rege, missis, dixit : 'Cur mihi tantum pecuniae dare vis?' Respondit legatus : 'Alexander te unum omnium Atheniensium bonum virum existimat.' Tum Phocion inquit: 'Aufer pecuniam; bonus esse malo.'

The power of filial love.

47.—Croeso, Lydiae regi, filius erat, eximia forma et praestanti ingenio; loqui autem non poterat. Omni arte usi erant medici, nihil tamen efficere potuerunt. Sardibus a Cyro captis, miles quidam stricto gladio in Croesum irruebat. Tum puer amore commotus, summa vi loqui conatus est. Tandem magna voce exclamavit: 'Ne patrem meum Croesum interfeceris.'

A retort.

48.—Venit olim quidam ad Aristippum philosophum, eique dixit: 'Visne filium meum artes tuas docere?' Respondit Aristippus: 'Hoc equidem faciam, acceptis duobus talentis.' Pater autem pretio exterritus, dixit: 'At servum minoris emere possum.' Contra Aristippus, 'Fac hocce: ita duos servos habebis.'

An affectionate fish.

49.—Olim delphin amicitiam cum puero quodam contraxisse dicitur. Quotidie autem a puero vocatus, frusta panis accipiebat. In summam aquam veniebat, et, acceptis frustis, puerum dorso excipiebat. Mortuo puero, delphin prae dolore mortuus esse dicitur.

Practical philosophy.

50.—Iuvenis quidam diu apud Zenonem philosophum vixerat. Domum tandem rediit. Tum pater eum percontatur his verbis: 'Quid didicisti, mi fili?' Contra filius, 'Hoc tibi, pater, moribus meis monstrabo.' Hoc responsum aegerrime ferens pater, eum flagris laceravit. Inquit filius, 'iram patris ferre didici.'

Philoctetes.

51.—Poetae multa de Philoctete narrant. Dicitur Herculis armiger fuisse, et ab eo sagittas, venenato sanguine Hydrae tinctas, accepisse. Pes autem eius aut sagitta cadente aut serpentis dente vulneratus est. Ex hoc vulnere odor gravissimus ortus est, itaque Graeci eum a se expulerunt, et in insula Lemno reliquerunt. Hic diu solus in antro vivebat. Graeci autem sine sagittis illius Troiam capere non potuerunt. Tum vero Ulysses et Diomedes Lemnum missi, Philoctetem secum Troiam ducere conati sunt. Diu restitit : tandem precibus victus, Troiam abiit. Haud multo post Troia, per decem annos frustra oppugnata, sagittarum ope capta est.

The best sauce.

52.—Dionysius tyrannus, epulatus apud Lacedaemonios dixit, 'Equidem iure hoc nigro minime delector.' Nam apud mensas publicas Spartae ius nigrum, panem, fructus comedunt; lac et aqua bibitur. Tum coquus respondit : 'Minime mirum est : condimenta enim desunt. Haec autem condimenta sunt labores, cursus, fames, sitis. Sine his nemo hoc iure delectari potest.'

A noble foe.

53.—Themistocles olim, pugna navali devictis Persis, Athenis apud concionem dixit : 'Consilium in animo habeo : hoc utile reipublicae erit, celari tamen oportet. Uni e primoribus rem dicere volo.' Aristides ad hoc munus delectus est. Huic dixit Themistocles : 'Lacedaemoniorum classis in ancoris in portu est. Hanc clam incendere poterimus. Ita illorum potestas navalis delebitur.' His auditis, ad concilium Aristides reversus in hunc modum locutus est : 'Themistoclis consilium quum utile, tum minime honestum est.'   Itaque Athenienses ne auditum quidem consilium spreverunt.

Zeuxis and Parrhasius.

54.—Zeuxis et Parrhasius pictores celeberrimi fuerunt.   Hi olim inter se de arte contendebant.   Zeuxis primo uvas pinxit. Aves in tabulam advolabant, uvas comedere cupientes.   Tum Parrhasius pannum pinxit.   Zeuxis autem artificii huius modi ignarus, Parrhasio dixit : 'Aufer pannum ; tabulam videre volo.' Mox intellecto errore dixit : 'A te victus sum : ego enim aves decepi, tu autem ipsum Zeuxin.'

X.—THE LABOURS OF HERCULES.

The Nemean lion.

55.—In valle Nemeae leo ingens vivebat, et pecora hominesque quotidie interficiebat.   Eurystheus, rex Tirynthis, Herculem ad se advocavit, eique dixit : 'Curae tibi sit hunc leonem quam celerrime interficere.'   Statim proficiscitur Hercules.   Clava sagittisque frustra usus, impetu facto, leonem manibus interfecit. Tum ad Eurystheum reversus est, mortuum leonem humeris impositum ferens.

The Lernean Hydra.

56.—Olim in palude versabatur hydra.   Haec novem capita habebat.   Capita vero octo abscidit Hercules, nonum autem vulnerare non poterat ; immortale enim erat.   Abscisso quoque capite, bina statim enascebantur.   His tandem igne consumptis, caput immortale sub saxo ingenti condidit Hercules.   Belua ita devicta, sagittas venenato sanguine tinxit.

The Erymanthian boar.

57.—Exstitit in monte Erymantho aper mira magnitudine. Hunc capere iussus Hercules statim profectus est. Per nives diu insecutus aprum, tandem laqueis implicatum capere potuit, et ad Eurystheum rettulit.

The Arcadian stag.

58.—In Arcadia cervus erat aureis cornibus, pedibus vero aeneis. Hunc sequi Hercules ab Eurystheo iussus erat. Frustra per totum annum cervum insecutus est; tandem sagitta vulneratum cepit.

The stables of Augeas.

59.—Augeas, rex Elidis, tria millia boum habebat. Horum stabula per triginta annos non erant lota. Hercules Augean adiit, eique dixit: 'Uno die haec stabula lavabo. Visne mihi, hoc facto, decimam boum partem dare?' Respondit Augeas: 'Dabo lubenter.' Tum Hercules, converso per stabula amne, opus facillime intra unum diem peregit.

The Stymphalian birds.

60.—Vivebant olim in lacu ad Stymphalum in Arcadia aves pedibus et rostris et pennis aeneis: utebantur autem pennis suis pro sagittis, et carne hominum vescebantur. Aves adortus Hercules, sistro aeneo exterruit, tum fugere conantes sagittis interfecit.

The Cretan bull.

61.—Bovem mirae magnitudinis et eximiae formae e mari emisit Poseidon. Hunc sacrificare Minos, Cretae rex, iussus erat; captus autem bovis specie, alium eius vice sacrificavit. Poseidon vero iratus, bovem in furorem egit.   Tum bos per totam insulam magnam hominum stragem edebat, et opera agrestia corrumpebat.   Hunc tandem captum Hercules ad Eurystheum portavit.

The mares of Diomedes.

62.—Diomedes, Bistonum rex, equas carne hominum pascebat. Hercules vero equas clam abstulit, et ad mare duxit.   Hic autem Bistones eum adorti sunt.   Diu pugnatum est.   Devictis tandem Bistonibus, Hercules regem interfecit, et corpus equabus dedit. Tum reversus est incolumis equas secum ducens.   Hae vero mansuefactae sunt carne domini sui pastae.

The girdle of Hippolyte.

63.—Hippolyte, Amazonum regina, zouam pulcherrimam habebat.   Hac autem potiri volebat Admete, Eurysthei filia: itaque Hercules eam asportare iussus est.   Tandem ad Amazonum terram pervenit.   Ibi primum benigne excepit Hippolyte, zonamque promisit, sed coorta rixa, contra Herculem Amazones manus conseruerunt.   His victis et occisa Hippolyte Hercules zona potitus est.

The oxen of Geryones.

64.—Geryones gigas triplici corpore in insula Erythia habitabat, multos boves habebat idem, a gigante Eurytione et a cane bicipite custoditos.   Hercules his potiri volebat, itaque in Libyam et Hispaniam profectus est.   Ibi ad utrumque latus maris columnas statuit: his igitur nomen Herculeis columnis datum est.   Calore solis lacessitus in Helion tela coniecit: hic vero audaciam miratus, eum aurea cymba donavit: itaque Erythiam pervenire potuit.   Interfecto Geryone cum Eurytione et cane, cum bobus reversus est.

65.—Mox opus difficilius Herculi imperatum est; mala scilicet Hesperidum iussus est asportare, non enim locum sciebat. In monte autem Atlante habitabant Hesperides. Ibi cum serpente ingenti mala aurea custodiebant. Locum tandem nactus Hercules, Atlanti dixit: ' Visne mihi mala aurea auferre? Hoc te faciente caelum humeris impositum tui vice sustinebo.' Cum malis reversus Atlas Herculi dixit: ' Nunc tibi licet caelum humeris semper sustinere, ipse autem abibo.' Tum Hercules per dolum onere humeris Atlantis iterum imposito, cum malis re-cessit.

Cerberus.

66.—His laboribus peractis, opus difficillimum Herculi imperatur. Erat in Tartaris canis triceps, nomine Cerberus. Hic aditum in Tartara custodiebat. Hunc in terram ferre iussus est. In Tartara profectus est cum Herma et Athena. Tum summo labore Cerberum manibus captum in terram secum portavit. His laboribus functus Hercules servitute ab Eurystheo liberatus est.

XI.—SAYINGS OF ARISTIPPUS.

67.—Olim Aristippo Corinthum iter faciente, ingens procella coorta est. Dixerat autem aliquis: ' Nos nautae nihil timemus: vos vero philosophi omnia timetis.' Contra Aristippus, ' Non est mirum,' inquit, ' non enim similes animi peribunt.' Quidam pro eodem caussam dixerat, eumque criminis absolverat. Tum Aristippum his verbis interrogavit: ' Quidnam boni a Socrate percepisti?' Ei philosophus respondit: ' Haecce percepi: de me multa bona dixisti, et vera sunt.'

XII.—SPARTAN MEALS.

68.—Spartani in publico loco coenabant. Singulis mensis plures homines utebantur. Singulis mensibus, frumentum, vinum, fructus, lac, quisque afferebat. Diu in publico coenare coacti sunt. Olim rex ipse Agis, bene gesto bello reversus, cum uxore domi coenare voluit. Ne tum quidem hoc passi sunt Ephori. Ob hanc caussam iratus rex sacra post victoriam solita facere noluit; itaque pecunia eum multaverunt.

XIII—THE OLDEST NATION.

69.—Psammetichus, Aegypti imperio potitus antiquissimam mundi gentem reperire voluit; tali igitur artificio usus est. Duos pueros nuperrime natos servo tradidit, eique dixit: 'Ne coram his vocem ullam edideris, lac modo praebe.' Haec per duos continuos annos fecit servus. Tandem portam aperienti pueri 'becos' clamabant. Hoc servus primum audiens, celavit: sed saepius idem verbum dictitantibus pueris, regi nuntiavit, eiusque mandato in conspectum adduxit. Panis autem Phrygio sermone becos dicitur. Itaque Phryges omnium populorum antiquissimi ab Aegyptiis habiti sunt.

XIV.—EGYPTIAN NOTES.

Doctors.

70.—Ars medica apud Aegyptios in hunc modum distributa est: singulorum morborum singuli sunt medici, nec plura morborum genera unus idemque curat. Suntque apud illos alii oculorum medici, capitis alii, alii dentium, alii occultorum morborum.

Mourning for the Dead.

71.—Lamenta et sepulturae in hunc modum instituuntur. Ex domo quavis mortuo homine, mulieres ex ea domo omnes luto oblinunt caput aut ipsum etiam os, deinde relicto domi cadavere, ipsae per urbem currunt gementes, et cum his propinquae omnes. Alia ex parte gemunt viri. His factis, cadaver ad condiendum efferunt.

Mummies.

72.—Quidam autem homines artem condiendi mortuos exercent. Allato cadavere, primum ferro per nares extrahunt cerebrum. Tum, extractis visceribus, corpus vino lavant, iterumque tritis odoribus purgant. Deinde corpus myrrha et casia aliisque odoribus, ture excepto, explent. His ita factis cadaver per dies septuaginta condiunt: nec enim licet diutius. Peractis septuaginta diebus, lavant cadaver, et pannis tegunt. Tum propinqui arcam hominis figura conficiunt; hanc in arcam cadaver ponunt, et in sepulcro, ad murum statuentes, relinquunt.

The victims of the Nile.

73.—Homines autem, sive Aegyptii, sive peregrini, a crocodilo abrepti, aut ipso flumine interempti magno honore afficiuntur. Eiectum enim cadaver incolae eius loci, quam maxima cura sepeliunt: neque alii cuiquam, nec propinquo, nec amico, tangere licet tale cadaver: sed soli sacerdotes Nili sepeliunt.

Mosquitoes.

74.—Adversus culices hoc faciunt. Turres aedificant praealtas; in has dormituri ascendunt, nam vento prohibentur culices. Homines autem circa paludes habitantes, pro turribus hac ratione se muniunt. Quisque vir rete habet: hoc per diem pisces venatur, noctu autem utitur in aedibus: lectulo imponit rete, deinde sese insinuans, sub illo dormit. Culices enim per vestes mordere possunt: per rete vero, ne conantur quidem.

A visit to the infernal regions.

75.—Rhampsinitus, Aegyptiorum rex, dicitur vivus sub terram descendisse, et apud Inferos cum Cerere aleam lusisse, et partim victor evasisse, partim etiam ab illa victus fuisse: denique iterum inde reversus, munus ab eadem retulisse pallium aureum. Propter hoc Rhampsiniti iter ad Inferos, epulas agunt Aegyptii. Unus e sacerdotibus pallium induit, eodem die ab illis confectum: huic reliqui pileo tegunt oculos, eumque in viam ducunt ad Cereris templum ferentem: tum ipsi retro discedunt. Tum sacerdos, a duobus lupis ad templum Cereris, rursusque in eundem locum duci dicitur.

The transmigration of souls.

76.—Primis omnium Aegyptiis anima hominis immortalis esse visa est. De anima autem haec dicunt: intereunte corpore in aliud animal anima intrat: circuitu per omnia terrestria animalia et marina et volucria absoluto, tum rursus in hominis corpus redit: circuitus autem ille tribus annorum millibus absolvitur. Hac vero sententia nonnulli e Graecorum philosophis postea usi sunt.

XV.—CYRUS.

His youth.

77.—Cyaxari, Medorum regi, successit filius Astyages. Hic Mandanen filiam, ob somnium sibi oblatum, homini Persae, nomine Cambysi, in matrimonium dedit. Mandane postea filium peperit. Hunc puerum, alio somnio exterritus, Astyages Harpago cuidam tradidit necandum. Harpagus autem puerum servo tradidit exponendum in montibus: sed ille suum puerum mortuum exposuit, Cyrumque pro suo educavit. Postea vero Cyrus

Persarum rex factus, Astyagen bello devicit, imperioque Medorum potitus est.

Solon and Croesus.

78.—Solon Atheniensis peregre profectus, in Aegyptum se contulit ad Amasin, atque etiam Sardes ad Croesum. Ibi in regia domo hospitio exceptus est a Croeso. Tum tertio aut quarto post die iubente Croeso, ministri regis circumduxerunt Solonem thesauros omnes ostentantes. Tum tali modo eum percontatus est Croesus: 'Hospes Atheniensis,' inquit, 'multa ad nos de te fama pervenit, quum sapientiae tuae caussa, tum itinerum: sapientiae enim studio deditus multas terras spectandi caussa adiisti. Nunc igitur ingreditur in me cupido ex te sciscitandi. Quemnam adhuc vidisti omnium hominum beatissimum?' Videbatur autem sibi omnium beatissimus esse.

Tellus the Athenian.

79.—At Solon, nulla usus assentatione respondit: 'Ego vero, beatissimum vidi Tellum Atheniensem.' Hoc dictum miratus Croesus quaerit: 'Qua tandem ratione Tellum beatissimum iudicas?' Cui Solon: 'Tellus,' inquit, 'florente civitate, filios habuerat bonos viros honestosque, filiorumque filios liberos, eosque omnes superstites: idemque vitae finem habuit praeclarum: nam in pugna pro patria fortissime pugnans, devictis hostibus, interfectus est: tum in eodem loco ab Atheniensibus sepultus est, virum praestantissimum laudantibus.' Tum Croesus inquit: 'Quemnam secundum ab illo vidisti beatissimum?'

Cleobis and Biton.

80.—At ille inquit: 'Cleobin et Bitonem. His enim satis victus erat, et magnae corporis vires. Dicuntur etiam matrem, iugum ipsi subeuntes, curru in templum Iunonis traxisse, boves

enim ex agro non aderant.   Hoc facto, vitae fine praeclarissimo
functi sunt.   Laudantibus enim omnibus iuvenum vires, et
mulieribus matrem filiorum talium felicem dicentibus: tum mater
stans ante simulacrum, deam precata est his verbis: 'O dea,
Cleobi et Bitoni filiis meis, munus optimum praebe.' Sacris
factis, epulati iuvenes somno se dederunt, et mane mortui inventi
sunt.   Eorundem deinde statuas, ut hominum praestantissi-
morum, in deae aede cives posuerunt.'

The fall of Croesus foretold.

81.—Cyrus, Persarum rex, in Croesum expeditionem suscep-
erat.   Interim tale prodigium Croeso oblatum est.   Apparuit ad
urbem ingens serpentum multitudo.   Horum equi, omisso solito
cibo, copiam ingentem edebant.   Id Croeso prodigium esse videbatur: itaque statim homines consulere haruspices iussos misit.
His dixerunt haruspices: 'Exercitus peregrinus ingredietur
terram Croesi, et incolas opprimet: serpentes enim sunt terrae
filii, equi autem hostes et peregrini.'   Et haec quidem responderunt haruspices, Croeso iam capto, sed ignari adhuc ipsi
eventus.

The capture of Babylon.

82.—Cyrus, universa continente inferioris Asiae potestati
suae subiecta, Assyrios aggressus est.   Sunt autem Assyriae
quum aliae urbes praestantes multae, tum praeclarissima omnium
et munitissima, Babylon.   Erant autem moenia ducenos pedes
alta.   Propius urbem accedente Cyro, proelio cum eo conflixer-
unt Babylonii: victi autem in urbem repulsi sunt.   Tum Cyrus,
derivato fluvio, per alveum Euphratis, nescientibus incolis, in
urbem ingressus est.   Capta autem est Babylon Labyneto
rege.

83.—In flumine Araxe sunt insulae multae. In his habitantes homines aestate radicibus vescuntur cuiusque generis: fructus autem arborum servant, iisque per hiemem vescuntur. Fructus nonnullos in ignem coniiciunt; horum odore ebrii fiunt, ut Graeci vino: maiore vero copia fructuum incensa, magis ebrii fiunt: denique ad saltandum surgunt et ad canendum. His talis est vitae ratio.

The fate of Cyrus.

84.—Erat eo tempore Massagetarum imperium penes mulierem; hanc mortuus rex viduam reliquerat. Tomyris reginae nomen fuit. Hanc Cyrus missis legatis voluit sibi despondere, cupiens in matrimonio habere. Tomyris autem Cyrum sprevit. Post haec Cyrus, exercitu ad Araxem ducto, aperto bello Massagetas adortus est. Multos interfecere et cepere Persae: quum alios, tum reginae filium. Hic autem se ipse interemit. Sed Tomyris, collectis copiis, pugna cum Persis conflixit. Diu pugnatum est: tandem superiores Massagetae evasere. Inter alios et ipse Cyrus periit. Tum Tomyris Cyri caput in vase cruore repleto suspendit; mortuo his verbis irridens ait: 'Tu me vivam, tuique victricem, perdidisti: filium enim meum interfecisti: te vero ego cruore satiabo.'

XVI.—SPARTAN BREVITY.

85.—Samii olim, a Polycrate expulsi, Spartam venerunt. Introducti apud Ephoros multa fecerunt verba, opem orantes. At illi responderunt: 'Priora verba obliti sumus, posteriora non intelligimus.' Post haec iterum introducti, saccum ferentes nihil aliud dixerunt, nisi haec verba: 'Saccus frumento eget.' His Spartani responderunt: 'Nunc intelligimus: opem vobis praestabimus.'

XVII.—THE BATTLE OF THE WHIPS.

86.—Olim servi contra Scythas seditione facta, aciem commisere. Diu pugnatum est. Tandem unus e Scythis talia dixit:
'Quid tandem facimus, Scythae? Cum servis nostris pugnantes interficimur ipsi: his etiam interfectis, pauciores deinde
habebimus. Itaque omissis hastis et sagittis, capiamus flagella,
et in servos impetum faciamus: putant enim se nobis aequales et
similes; sumptis vero flagellis, servitutem recordabuntur.' His
dictis paruerunt Scythae: servi autem flagella videntes, in fugam
se recepere.

XVIII.—THE MAGIC RING.

87.—Gyges olim quidam, hiante terra post magnos quosdam
imbres, descendit in illum hiatum, aeneumque equum conspexit.
Huius in lateribus fores erant: his apertis, hominis mortui vidit
corpus mira magnitudine, annulum aureum in digito habentis.
Annulum ipse induit (erat autem servus regis), tum in concilium
se servorum recepit. Ibi palam eius annuli in manum convertens,
a nullo videbatur; ipse autem omnia videbat: idem annulum in
locum restituit, tum rursus videbatur. Itaque, hac occasione
annuli usus, regem dominum interfecit, et inimicos sustulit: nec
in his facinoribus eum quisquam videre potuit. Sic annuli ope
rex Lydiae factus est.

XIX.—TIT FOR TAT.

88.—Scipio Nasica Ennio poeta amicissimo utebatur. Olim
ad eum venit, et ad portam de eo quaesivit: ministra autem
inquit: 'Ennius domi non est.' Videbat autem Ennium Nasica:
nihil tamen dixit, sed domum reversus est. Paucis post diebus

ad Nasicam venit Ennius.   Huic ipse Nasica exclamavit, 'Non
sum domi.'   Tum Ennius: 'Quid? nonne cognosco vocem tuam?'
Nasica autem respondit: 'Homo es impudens; ego enim minis-
trae tuae credidi: tu non mihi credis ipsi.'

XX.—A DISTINCTION WITHOUT A DIFFERENCE.

89.—Alexander, Macedoniae rex, latronem captum his verbis
interrogavit: 'Quo tandem iure mare lacessis?'   Latro nihil
timens respondit: 'Ego et tu eodem iure utimur; unam autem
parvam navem habeo; latro igitur vocor: tu autem magnis
classibus et exercitibus praees; itaque victor vocaris.'

XXI.—SOLON'S PRECEPTS.

90.—Solon iuvenes haec praecepta docuisse dicitur.   'Fidem
pluris quam iusiurandum habetote: ne unquam mentiti sitis:
rebus magnis operam date; ne amicitias ocius contraxeritis, con-
tractas ne absolveritis; parere imperio edocti, ipsi aliis imperate.
Ne suavissima consilia dederitis, sed optima; duci parete rationi:
cum malis habitare nolite: deos colitote, patres matresque ne
neglexeritis.'

PART II

I. -THE STORY OF POLYCRATES.

His riches.

91.—POLYCRATES, qui seditione facta Samum occupavit, primum trifariam distributam civitatem una cum fratribus administravit. Dein, altero occiso, et natu minore ex insula eiecto, universam Samum imperio tenebat. Quo in imperio cum Amasi, Aegypti rege, hospitium contraxit, donis ei missis, et vicissim ab illo acceptis. Brevi tempore magnopere auctae res sunt Polycratis, et per universam Ioniam reliquamque Graeciam celebratae sunt. Etenim quocumque cum exercitu proficiscebatur, omnia ei feliciter cedebant. Habebat autem centum actuarias naves quinquaginta remorum, et mille sagittarios : cunctosque homines nullo discrimine facto invadens, agebat ferebatque omnia. Aiebat enim, 'Magis amico gratificabor, ea quae eripui restituens, quam ab initio nihil eripiens.' Multas igitur insulas ceperat, multa item continentis oppida. In his Lesbios navali pugna superatos cepit, qui deinde fossam, murum Sami ambientem, vincti foderunt.

The advice of Amasis.

92.—Felicitas Polycratis Amasi placebat ; sed ea res illi curae erat. Missis igitur literis haec ad eum perscripsit: 'Amasis Polycrati salutem dicit. Placet valde mihi felicitas tua. At mihi non placent tuae res nimium secundae. Invidum est numen deorum qui mundum regunt. Itaque omnes, qui nimium florentibus rebus usi sunt, postremo pessimum finem habuerunt.

Tu ergo, meum secutus consilium, adversus illam tuam nimiam
felicitatem, fac hocce.   Illud abiice, quod maximi tibi est pretii.'
His perlectis Polycrates, amici monitis paruit.   Erat ei annulus,
quem gestabat, auro vinctus, ex smaragdo lapide, Theodori opus,
artificis praeclari.   In navem conscendit, et detractum de manu
annulum, conspicientibus cunctis qui in navi erant, in mare proiecit.   Hoc facto domum navigavit.   At quinte aut sexto die
postea res ei accidit huius modi.   Piscator quidam ingentem piscem, quem ceperat, regi dedit.   Famuli vero, qui piscem coque-
bant, in eius ventre Polycratis annulum reperiunt.

The fate of Polycrates.

93.—Tum rex in Aegyptum ad Amasin literas de facto misit.
Amasis autem lectis literis valde commotus est.   Itaque misso
praecone Samum dissolvit hospitium, quod habebat cum Polycrate, iram deorum veritus.   Polycrates vero brevi tempore
postea ab Oroete, Lydiae satrape, interficitur, et cadaver in
cruce suspenditur.   Ita nimiam felicitatem morte expiavit.

II.—THE STORY OF RHAMPSINITUS AND THE THIEF.

The Temple of Vulcan.

94.—Proteo in regnum Aegypti successit Rhampsinitus; qui
monumenta sui reliquit propylaea templi Vulcani, occidentem spec-
tantia.   Ex adverso propylaeorum duas posuit statuas, viginti
quinque cubitorum magnitudine : quarum illam quae stat a
septentrione, Aestatem appellant Aegyptii ; alteram, quae a
meridie, Hiemem : et illam quidem, quam Aestatem vocant,
adorant et donis placant ; adversus illam, quae Hiems nominatur,
contrarium faciunt.

The king's treasure-house.

95.—Hic rex magnas opes habebat, immensamque vim argenti. Itaque in tuto reponere suas pecunias cupiens, aedes aedificandas curavit lapideas. Is cui mandatum opus erat, pecuniam petens, hoc machinatus est. Ex lapidibus unum paravit, qui e muro facile eximi potuit, a duobus vel etiam ab uno homine. Absoluto aedificio, rex in illo divitias suas deposuit.

Two robbers spoil the treasures.

96.—Interiecto autem tempore is, qui aedificium aedificaverat, prope vitae finem fuit. Advocatis igitur filiis duobus exposuit artificium. Perspicue illos lapidis speciem mensuramque docuit. Hoc igitur vita functo, filii haud multo postea operi admoverunt manus. Noctu ad aedificium accedentes, lapidem removerunt, et multum pecuniae extulere.

One of them is caught.

97.—Postea rex aedificium aperuit, viditque valde diminutas pecunias ; sigilla tamen ianuae salva erant, et aedificium clausum. Iterum autem et tertio aperiens, minus pecuniae in dies invenit. Itaque hoc fecit : laqueos statim paravit, eosque circa vasa, in quibus inerat pecunia, collocavit. Venerunt ut antea fures; alter, ad vas accedens, continuo captus est laqueis.

A plan to avoid detection.

98.—Frater vero caput fratris abscidit, adaptatoque iterum lapide domum abiit, caput secum ferens. Mane ingressus rex in aedificium obstupuit, conspecto corpore furis in laqueo constricti : videbat enim illaesum aedificium, nullumque vel exitum vel introitum. Itaque haerens animo hoc fecit. Cadaver furis ex muro suspendit, et custodes collocavit.

99.—Frater autem cadaver auferre constituit. Dolum igitur excogitavit huiusmodi. Instructis asinis utres imposuit vino plenos, eosque per viam publicam agitavit. Tum vero praeteriens locum, in quo custodes erant, duos vel tres utres clam solvit. Effluente vino, caput pulsavit ingenti clamore, quasi calamitate attonitus. Custodes, qui multum vini elapsum videbant, in viam concurrerunt, vasa tenentes, effluensque vinum colligentes. Ille autem maledictis eos laceravit. Custodibus vero eum consolantibus, paullatim ira desiit. Denique a media via exegit asinos, quos rursus instruere incepit. Ibi multis incidentibus sermonibus, illis unum ex utribus dedit. Tum omnes discumbentes compotationi animum applicuerunt. Mox eos alio utre donavit, qui copioso potu usi inebriati fuerunt, et somno oppressi in eodem loco, quo potaverant, obdormierunt. Tum vero, nocte iam multum progressa, fratris corpus solvit, et custodum dextras genas contumeliae caussa rasit. Denique cum asinis, cadavere imposito, domum rediit.

The reward of audacity.

100.—Regi factum renuntiatum est; quam rem primo aegerrime tulit; postea autem, et audacia et arte hominis attonitus, veniam et magna dona promisit. Fur edicto fidem adhibens, ad regem accessit, qui magna admiratione hominis ductus, filiam ei in matrimonium dedit.

III.—OIL WELLS.

101.—Sunt haud procul ab urbe Ardericca putei, qui tres diversas rerum species exhibent. Nam et asphaltus et sal et oleum ex illis hauriuntur, hoc modo. Hauriunt ope tollenonis, cui vas alligatum est; quod extulerunt e puteo, id in magnum vas infundunt; ex quo rursus in aliud receptaculum transvehitur, atque ita in triplicem formam convertitur. Et asphaltus quidem et sal concrescunt; oleum vero in vas colligunt: est autem illud nigrum, et gravem odorem s

IV.—THE BODY-GUARD OF XERXES.

102.—Xerxem, Persarum regem, sequebantur mille pedites, fortissimi nobilissimique Persarum, erectas lanceas tenentes : deinde alii mille equites ex Persis selecti : et post equites, peditum decem millia e reliquis Persis selectorum : quorum mille in hastis, pro imis cuspidibus, aurea habebant mala punica, et reliquos includebant; novies mille vero, qui intra hos erant, argentea mala punica habebant. Aurea vero mala punica habebant etiam illi, qui lanceas in terram conversas tenebant; et mala aurea hi, qui Xerxem proxime sequebantur.

V.—A WEALTHY SUBJECT.

His offers to the King.

103.—Olim Xerxem per Asiam iter facientem excepit Pythius quidam magnificis epulis, pecuniasque pollicitus est. Qui ubi pecunias obtulit, Xerxes ministros suos rogavit : 'Quisnam hominum est Pythius, et quantas habet divitias?' Cui illi responderunt : 'Idem hic est, Rex, qui patri tuo Dario auream platanum, aureamque vitem dono dedit : estque post te, quos novimus, omnium hominum ditissimus.' Miratus rex ipse deinde Pythio dixit : 'Quantas habes divitias?' Tum inquit Pythius : 'Sunt mihi argenti talenta bis mille, auri vero maxima copia. Has ego pecunias tibi do : est enim mihi ex mancipiis atque agris satis victus.'

A kingly recompense.

104.—His ab illo dictis delectatus Xerxes respondit : 'Pythi, nullum adhuc, praeter te, hominum reperi talia offerentem. Tu vero magnifice me excepisti, et pecunias ingentes polliceris. Tibi ergo invicem ego dona haecce tribuo: in meorum hospitum numero te repono: do tibi etiam magnum auri pondus. Perge vero retinere quae acquisivisti, ac semper talem te virum praesta. Haec facientem, neque nunc, nec in posterum te poenitebit.'

VI.—A BALD PEOPLE.

105.—Radices altorum montium habitant homines, qui calvi sunt omnes, mares pariter atque feminae, et simo naso. Vestem gestant Scythicam, ceterum arborum fructu vitam sustentant. Ponticum nomen arboris est, qua aluntur; fico admodum similis est. Fructum autem fert fabae similem, nucleum intus habentem. Maturos fructus pannis custodiunt, et, qui ab iis defluit niger et crassus, liquorem et lingunt, et lacte mixtum bibunt. Ex faece massas conficiunt, quibus vescuntur. Pecorum non magna illis copia est. Quilibet paterfamilias sub arbore habitat. Hieme quidem arborem tegunt tegmine e lana facto. His hominibus nemo iniuriam infert: sacri enim habentur; nec arma ulla bellica habent; iidem et finitimorum controversias dirimunt. His nomen est Argipaeis.

VII.—THE FIRST WOODEN LEG.

106.—Erat olim Hegesistratus quidam, quem Spartani in vincula coniecerant. Ille vero, hac calamitate circumventus, non modo capitis imminente poena, sed ante mortem etiam multos exspectans dolores, facinus commisit dictu incredibile. Ferreum forte instrumentum nactus, partem pedis sibi abscidit. Quo facto, perfosso pariete e carcere effugit, noctu iter faciens, interdiu vero inter fruticeta latens. Audacia hominis stupefacti sunt Spartani, qui videbant abscissum pedem humi iacentem, hominem autem reperire non poterant. Ille vero, sanato vulnere, ligneum pedem sibi ascivit.

PART III

I.—SYLOSON'S CLOAK.

A seasonable gift.

107.—SAMUM cepit rex Darius ob hanc caussam Quo tempore
Cambyses expeditionem in Aegyptum suscepit, piurimi Graeci
in Aegyptum venerant; alii negotiandi caussa, alii ut regionem
spectarent.   Horum in numero erat Syloson, frater Polycratis,
Samo exsulans.   Huic Sylosonti talis quaedam fortuna oblata est.
Quum rutilum pallium sumpsisset, hoc circumdatus obambulabat
Memphi in foro.   Quem ubi conspexit Darius, qui satelles tunc
erat Cambysis, cupidine pallii captus, adiit Sylosontem ut illud
emeret.   Syloson divino quodam instinctu ait: ' Equidem hoc
pallium nullo pretio vendo: do tibi gratis.'   Quo laudato responso, Darius pallium accipit.

An idea strikes Syloson.

108.—Interiecto vero tempore, postquam mortuo Cambyse adversus Magum coniuraverant septem viri, et ex septem virorum
numero Darius imperio potitus erat, Syloson donum recordatus
est.   Itaque Susa adiit, sedensque in vestibulo aedium regiarum,
ait, ' Ego de Dario bene merui.'   Quod ubi audivit portae custos,
renuntiavit regi.   Darius miratus ait, ' Quis tandem Graecus de
me bene meruit ?   Vix unus aut nullus adhuc ex illa gente ad me
ascendit.   Verum tamen producite cum.'

C

He obtains his reward.

109.—Introducit ianitor Sylosontem, stantemque in medio interrogant interpretes: 'Quis es? quove facto bene de rege meruisti?'
Exponit igitur rem omnem ad pallium pertinentem.   Tum rex ait,
'O liberalissime hominum, tune ergo ille es, qui mihi, quum
nullam potestatem haberem, pallium dedisti?   Itaque tibi ingens
auri argentique pondus reddo, ne te doni poeniteat.'   Ad haec
Syloson: 'Ne mihi aurum neu argentum dederis.   Sed patriam
meam Samum mihi redde: quam nunc, postquam frater meus
Polycrates ab Oroete interfectus est, servus noster tenet.   Hanc
mihi da, a caedibus et servitute liberatam.'   His auditis, Darius
exercitum misit, ducemque Otanen, ut omnia faceret quae Syloson
oraverat.

II.—THE STORY OF ZOPYRUS.

Revolt of the Babylonians.

110.—Postquam classis Samum erat profecta, Babylonii a Persis
defecerunt, rebus omnibus bene praeparatis.   Nam quo tempore
Magus regnavit, et adversus eum septem viri insurrexerunt, ut
tolerarent obsidionem, sese praeparaverant.   In quaque domo,
omnes mulieres suffocaverunt, exceptis matribus, et una uxore,
quamcunque quisque vir eximi voluerat: unam autem, quam dixi,
eximebat quisque quae panem conficeret.   Suffocarunt autem
illas, ne frumentum consumerent.

The townsmen deride the besiegers.

111.—His rebus cognitis Darius, contractis universis suis copiis,
adversus eos profectus est; admotoque exercitu, urbem obsedit.
At obsidionem parvi faciebant Babylonii; nam in propugnacula

muri ascendentes tripudiabant, irridebantque Dario et eius exercitui. Unus etiam ex iis dixit : ' Cur hic sedetis, Persae ? cur non abitis ? tunc enim nos capietis, quum mulae pepererint.' Hoc dixit, quod mulae non pariunt ut cetera animalia.

Obstinate defence of the city.

112.—Integer annus iam et septem menses erant elapsi, taedio-que affectus erat Darius exercitusque, quod expugnare urbem non valebant.   Omnibus enim artificiis omnibusque machinamentis adhibitis, nihil Darius profecerat.   Tentaverat autem et alia artificiorum genera, et illud etiam quo Cyrus urbem ceperat : per alveum scilicet Euphratis in urbem ingredi conatus ; sed ita diligenter custodias agebant Babylonii, ut capi nullo pacto possent.

Coming events cast their shadow before.

113.—Ibi tum, quum vicesimus ageretur mensis, Zopyro cuidam tale prodigium obtigit : una ex ipsius mulabus peperit.   Recordatus igitur Babylonii illius verbum, qui dixerat, ' Tunc Babylon capie-tur, quum mulae pepererint,' magnopere gavisus est.   Darium adiens quaesivit ex eo, ' Nonne vis Babylonem capere ? '   Cui rex, ' Maximi equidem hoc facio.'

Zopyrus mutilates himself.

114.—Tum Zopyrus secum deliberavit : volebat enim urbem per se ipsum capere : nam apud Persas res bene gestae maximis hono-ribus rependuntur.   Hoc autem nulla alia ratione fieri posse videbatur, nisi si se ipse mutilasset, atque ita ad Babylonios transfugisset.   Ibi tum, parvi hoc pendens, abscissis naribus auribusque, flagellis laceratus, regem adit.

He presents himself before the king.

115.—Darius, quum virum nobilissimum ita mutilatum vidisset, vehementer motus, e solio subsiliens dixit, ' Quis te ita mutilavit, quaque de caussa?' Cui Zopyrus respondit, ' O rex, hoc ipse feci, indignatus Assyriis Persas deridentibus.' Tum Darius: ' Quo vero pacto, stulte, ob hanc caussam citius in potestatem hostes redigentur? Anne mente es alienatus, qui te ita per- didisti?'

Zopyrus' plan.

116.—Respondit Zopyrus: ' O rex, ad murum me conferam: dicam etiam, "Hoc fecit Darius:" tum hostes exercitum mihi committent. Tu vero, decimo inde die de illa copiarum parte, cuius iacturam minime aegre feres, mille homines contra portam colloca, quae Semiramidis vocatur. Deinde rursus post aliquot dies, alios bis mille contra Niniam, ut vocatur, portam colloca. Nec vero priores, neque hi, aliud habeant praeter gladios: hoc uno telo armati sint. Nam ut equidem puto, quum praeclara facta edidero, et reliqua meae fidei committent Babylonii, et portarum obices. Tum ego urbem tibi tradere potero.'

He goes to the city and tells his story.

117.—Quum haec mandavisset, ad portam perrexit. Quem ubi conspexerunt ii qui in turribus speculandi caussa stationem habe- bant, raptim descendunt, et interrogant, ' Quisnam es, et cur huc venis?' Ille contra, ' Mihi nomen est Zopyro, et ad vos ut transfuga venio.' Quibus auditis, portae custodes in curiam ducunt. Ibi coram senatu constitutus, sortem suam deplorans, ait, ' A Dario haec passus sum. Nunc ad vos, Babylonii, venio, maximo vobis commodo futurus; Dario autem Persisque maximo

detrimento.   Nec enim impune hoc fecit, qui me ita mutilavit.
Exploratas habeo omnes vias consiliorum.'

He obtains command of their troops.

118.—Quae quum locutus esset, Babylonii videntes virum inter
Persas nobilissimum, naribus auribusque mutilatum, ut socium
Zopyrum acceperunt.   Postulabat autem armatorum manum;
itaque copiis praefectus est.   Tum vero, postquam copias impetravit, ea facere instituit, de quibus cum Dario convenerat.

The city is taken.

119.—Decimo die, educto Babyloniorum exercitu, mille illos,
quos certo loco Darius constituit, circumdatos interfecit.   Tum
iterum copias eduxit, et bis mille illos, quos supra memoravi, Darii
milites interfecit.   Quibus rebus gestis, imperii summa et muri
custodia eidem permissa est.   Tum Zopyrus aperta porta Persas
intra murum recepit.   Hoc igitur modo urbs Babylon capta est.

III.—PERSIAN COURIERS.

120.—Apud Persas, quum aliquid nuntiare volunt, hoc faciunt.
Quot dierum est universum iter, tot dispositi et equi et viri in
quaque diurna statione parati stant; quos nec imber, nec nox,
nec aestus, nec nix impedit quominus suum quisque cursum
quam celerrime conficiat.   Nempe, qui primus currit, is secundo
tradit mandata, secundus tertio; atque sic deinceps, alii atque
alii tradita, mandata per singulos transeunt.

IV.—A MIRACLE.

121.—Spartanus quidam uxorem habuit longe formosissimam
omnium quae Spartae erant mulierum : quae quidem formosissima
ex deformissima evaserat.   Etenim quum turpis fuisset aspectu,
nutrix illius, puellam ita deformem videns, quae opulenti patris

filia erat, quia valde dolebat ob turpem filiae formam, tale inivit
consilium. Quotidie gestabat eam in Helenae templum: quoties
autem eo gestasset, statuebat ante deae simulacrum, supplexque
deam ita alloquebatur: 'O dea, deformitate puellam libera.
Ne tam turpem formam passa sis.' Iam die quodam, quum
templo egrederetur nutrix, apparuisse ei dicitur mulier, quaerens
ex ea: 'Quid in ulna gestas?' Cui quum illa respondisset,
'Puellam gesto,' dixit mulier, 'Mihi puellam monstra.' Ne-
ganti nutrici, dicentique, 'Tam turpis est, ut nemini monstrare
velim,' institit mulier dictitans, 'Mihi puellam monstra.' Denique ostendit nutrix. Mulier autem, tacto puellae capite, dixit,
'Formae praestantia superabit haec Spartanas omnes mulieres.'
Atque inde ab illo ipso die, forma puellae mutata est.

V.—THE SPICE TRADE.

Frankincense and cassia.

122.—Extrema habitatarum regionum Arabia est. In hac vero
una omnium regionum tus nascitur, et myrrha, et casia, et cinnamomum. Haec quidem omnia, myrrham si excipias, non sine
labore nanciscuntur Arabes. Tus quidem colligunt quum
styracem adoluerunt, qui in Graeciam a Phoenicibus importatur.
Styrace incenso tus nanciscuntur; arbores enim turiferas
custodiunt alati serpentes, exiguo corpore, variegata specie,
ingenti numero arborem quamque circumsedentes. Nulla vero
alia re nisi styracis fumo, hi ab arboribus illis abiguntur. Dei
autem providentia vere est sapiens. Nam, et quae timidae
indolis sunt animalia, et quae esculenta, ea omnia fecunda fecit,
ne genus eorum intereat; quae vero prava et malefica, parum
fecunda. Tus igitur ista ratione Arabes nanciscuntur: casiam
vero hoc modo. Toto corpore atque facie, solis oculis exceptis,
bubulis aliisve coriis tecti, exeunt ut casiam colligant. Nascitur
haec autem in palude non admodum alta, circa quam vivunt

bestiae alatae, vespertilionibus maxime similes, diro modo stridentes, et viribus praevalentes. Has quum ab oculis abegerunt, casiam metunt.

How to procure cinnamon.

123.—Cinnamomum vero mirabiliori etiam modo colligunt. In iis regionibus nasci creditur, in quibus Bacchus educatus est. Narrantur autem ingentes aves afferre hos bacillos, quos no a Phoenicibus edocti cinnamomum vocamus. Hi bacilli inferuntur ab illis avibus in nidos, e luto astructos ad montium praecipitia, ne quis homini accessus pateat. Tali igitur artificio utuntur Arabes. Boum et asinorum aliorumque iumentorum cadavera, in frusta grandi magnitudine dissecta, congerunt in haec loca. Haec quum in vicinia nidorum deposuerunt, procul inde recedunt : tum volucres descendentes iumentorum illorum membra tollunt et in nidos comportant. Hi autem, quum sustinere onus non possint, rumpuntur et in terram decidunt. Tunc accurrentes homines, cinnamomum colligunt, quod in alias regiones portatur.

VI.—THE GOLD ANTS.

124.—Nonnulli sunt Indi Caspatyro urbi finitimi. Hi sunt Indorum bellicosissimi, iidemque qui ut colligant aurum proficiscuntur. Est enim ibi deserta regio propter arenam : et in hac arena sunt formicae, magnitudine non quidem tanta quanta canum, sed tamen maiores vulpibus. Hae igitur formicae, sub terra habitantes, fodiunt arenam eodem modo quo in Graecia formicae, quibus etiam specie corporis simillimae sunt. Arena autem, quae ab illis eiicitur, aurifera est. Itaque ut hanc colligant, profecturi Indi iungunt quisque tres camelos, funalem utrinque marem ; in medio feminam, data opera ut a pullis quam nuperrime abstracta iungatur : hanc ipse conscendit. Sunt enim cameli equis velocitate non inferiores, insuper vero ad onera ferenda multo validiores : feminae autem a pullis abstractae celerrimae sunt. Camelus in posterioribus cruribus quatuor habet femora et quatuor genua. Hoc igitur modo, talique utentes vectura, ut colligant aurum proficiscuntur Indi. Colligunt autem aurum ea diei hora, qua ferventissimi sunt aestus : fervente enim aestu sub terra conduntur formicae. Postquam ad locum Indi pervenerunt, saccis quos secum attulere arena completis, et in camelos mares impositis, sese recipiunt quam celerrime possunt. Protinus enim formicae, odore, ut aiunt Persae, illos sentientes, persequuntur. Velocitate autem haec bestia alias omnes ita superat ut nisi, dum congregantur formicae, viam interim Indi praeciperent, nullus eorum salvus evasurus esset. Maiorem igitur auri partem hac ratione, ut quidem Persae narrant, nanciscuntur Indi ; aliud rarius est aurum quod ex metallis effoditur.

VII.—LIBYA.

A curious kind of oxen.

125.—In Libya habitant homines, quibus nomen est Garamantibus. Horum in terra nascuntur boves qui retro gradientes pasci dicuntur. Hoc autem faciunt, quod cornua habent in anterius curvata ; qua de caussa retro gradientes pascuntur : nam progredientes pasci non possunt, quoniam, priusquam progredi possint, cornua in terram impinguntur. Ab aliis bobus nil differunt, nisi hoc ipso, et corii crassitudine, duritieque.

The cave-dwellers.

126.—Iidem Garamantes quadrigis venantur Troglodytas Aethiopas. Troglodytae autem vocantur, quod in antris vivunt ; troglus autem dicitur antrum. Sunt enim hi Troglodytae pedibus pernicissimi omnium hominum, de quibus unquam audivimus. Vescuntur autem Troglodytae serpentibus atque lacertis, et eius modi reptilibus : sermone vero utuntur nulli alii simili, sed strident veluti noctuae.

VIII.—THE SPARTAN KINGS.

127.—Honores et privilegia regibus Spartanis tributa haec sunt. Sacerdotia duo, Iovis Lacedaemonii et Iovis Caelestis : tum belli inferendi potestas : cui potestati intercedere nemo potest quin capitis damnetur.   Quum in bellum proficiscuntur, primi incedunt reges, postremi redeunt : a delectis viris centum in exercitu custodiuntur.   Victimis utuntur in expeditionibus, quotcumque volunt ; et omnium immolatarum pecudum et pelles et terga accipiunt.

Their honours in time of peace.

128.—In pace eisdem honores et praemia concessa sunt. Si quis publicum facit sacrificium, primi in coena sedent reges ; et ab his fit distribuendorum ciborum initium ; ita quidem ut utrique regi duplex portio tribuatur.   In omnibus ludis sedes optimas habent.   Rex uterque duos nominat Pythios : sunt autem Pythii cives qui Delphos mittuntur oracula consultum.   Quando ad coenam non veniunt reges, utrique domum cibus et vinum mittuntur ; praesentibus vero duplex portio tribuitur.   Iudicant soli reges de omnibus rebus.

Respect paid to them when dead.

129.—Ista igitur viventibus regibus praemia tribuuntur : mortuis vero haecce.   Nuntiant equites mortem regis per totam Laconiam : in urbe vero circumeuntes mulieres lebetem pulsant.   Quo facto ex quaque domo vir et femina luctu squalent : id ni faciunt, gravem multam incurrunt.   Mortuo rege omnes undique coeunt cives ad funus prosequendum.   Quod si in bello mortuus est, eius simulacrum effingunt, et pulchre strato lectulo impositum efferunt.   Sepulto rege per decem dies fit ingens luctus.   Mortui regis successor in regni sui auspiciis aere alieno liberat quemlibet Spartanum

130.—Cum Aegyptiis vero hoc commune Lacedaemonii habent; apud illos praecones et tibicines et coqui in patrias artes succedunt : et tibicen filius est tibicinis, coquus coqui, praeco praeconis : neque praeconis filium alius, ob vocis claritatem munus hoc ambiens, excludit : sed quilibet negotium suum patris more exsequitur. Atque haec ita se habent.

IX.—THE FAMILY OF THE ALCMAEONIDAE.

Its canny founder.

131.—Fuit autem Athenis iam antiquitus illustris Alcmaeonidarum familia; nam inde ab Alcmaeone ipso, exstitere in hac domo nobilissimi viri. Olim Alcmaeon a Croeso Lydiae rege missus erat, ut oraculum Delphicum consuleret. Cuius in se merita quum Croesus cognosset, Sardes eum ad se invitavit; et postquam advenit, tanto auri pondere eundem donavit, quantum suo corpore asportare semel posset. Tunc Alcmaeon ad accipiendum donum in hunc modum comparatus accessit. Grandi indutus tunica, in qua magnus erat sinus relictus, et cothurnis, quos repererat amplissimos, calceatus, in thesaurum intravit. Ibi quum in acervum ramentorum auri incidisset, primum circa crura, quantum auri capiebant cothurni, infersit; deinde completo toto sinu, et coma ramentis conspersa, denique aliis in os sumptis, thesauro egressus est, aegre trahens cothurnos. Quem quum conspexisset Croesus, risum non tenuit, dedit autem non haec modo, sed alia etiam adiecit. Ita magnis divitiis aucta est haec domus, idemque Alcmaeon, equos alens quadrigis iungendos, Olympicam victoriam reportavit.

Wanted, a husband.

132.—Deinde vero, sequente aetate, eandem familiam Clisthenes, Sicyonis tyrannus, ita praeclaram fecit, ut multo etiam splendidior inter Graecos fieret, quam antea fuerat.   Clisthenes autem, quum esset ei filia nomine Agariste, in matrimonium hanc dare decreverat iuveni, quemcunque reperisset Graecorum omnium praestantissimum.   Quumque essent ludi Olympici, in quibus curriculo quadrigarum vicit Clisthenes, nuntiari per praeconem iusserat; 'quisquis Graecorum dignum sese iudicat qui gener fiat Clisthenis, is ad sexagesimum diem, aut etiam ante id tempus, Sicyonem adeat : exacto enim anno ab illo sexagesimo die, ratas filiae nuptias habebit Clisthenes.'   Tunc igitur convenere proci, quotquot e Graecia vel sua vel patriae praestantia superbiebant : hisque Clisthenes et curriculum et palaestram, quibus inter se certarent, parata habebat.

Trial of the applicants.

133.—Maximus igitur numerus procorum convenit, et in his Megacles, Alcmaeonis filius qui apud Croesum fuerat, et Hippoclides, divitiis et corporis forma praeclarus inter Athenienses.   Qui quum ad diem dictum convenissent, Clisthenes primum patrias eorum sciscitatus est, et genus cuiusque, deinde per anni spatium eos retinens, pertentavit fortitudinem, et animi impetum, et culturam ingenii, et mores ; modo cum singulis congressus, modo cum universis ; et, qui ex illis iuniores erant, hos in gymnasia ducens : maxime vero inter epulas eos pertentabat.   Placuerunt ei autem fere prae ceteris hi qui Athenis advenerant ; et ex his magis ei probabatur Hippoclides.

An unfortunate dance.

134.—Die dicto, Clisthenes mactatis centum bobus, et ipsos procos et cunctos Sicyonios lautis epulis excepit.   Peracta coena, proci

et canendo et sermonibus in medio propositis inter se contendebant.
Procedente vero compotatione, Hippoclides tibicinem iussit cantus canere ad saltum accommodatos; tum saltare instituit.   At
spectanti Clistheni res displicebat.   Deinde, brevi interposita
mora, mensam sibi inferri iussit Hippoclides; quae ubi illata est,
conscensa mensa primum Laconicos modulos saltavit; deinde
alios Atticos; postremo, caput in mensam innixus, cruribus gesti-
culabatur.   Et Clisthenes, quum ad primum et secundum saltum
sese continuisset, nunc quoniam se ultra continere non potest, ait:
' O fili Tisandri, saltando uxorem tu quidem perdidisti.'   At ille
inquit, ' Nil curat Hippoclides.'   Hinc ortum est proverbium.

The fortunate suitor.

135.—Tum Clisthenes, facto silentio, haec dixit: 'Viri, filiae
proci meae ! Ego cunctos vos laudo, et omnibus, si fieri posset, pla-
cere vellem.   At quoniam fieri non potest, ut, quum de una virgine
deliberem, omnium votis simul satisfaciam; iis e vestro numero,
quibus uxor non datur, talentum argenti do unicuique, quod et
dignati estis meam filiam in matrimonium petere, et domibus
vestris peregre abfuistis; Megacli vero, Alcmaeonis filio, meam
filiam Agaristen despondeo ex Atheniensium legibus.'   Quumque
Megacles dixisset, ' Accipio conditionem,' ratum matrimonium
Clisthenes habuit.   Ita Alcmaeonidae per universam Graeciam
laudem maximam habuerunt.

I.—SOME BARBAROUS CUSTOMS.

136.—Certior factus sum esse in Asia gentes, quae talibus institutis utantur.   Quem primum ex hostibus occidit vir, eius sangui-
nem potat.   Quotquot in proelio interfecit, horum capita ad regem
perfert : allato enim capite, fit praedae particeps : non allato,
partem nullam capit. Dicunt autem caput pelle nudari hoc modo :
cutem in orbem circumcidere solent circa aures : dein excutere de
capite : tum, postquam carnem deterserunt, subigere pellem manibus : atque ita mollita uti tanquam mantili, et ex freno equi, ubi
venantur, suspendere.   Nam qui plurima mantilia ex hostium pellibus habet, is fortissimus censetur.   Narrant etiam multos excoriare
totos homines, et super ligno extentos equis circumducere.

Cannibals and other curious people.

137.—Narrant autem habitari montes in Scythica terra ab
hominibus capripedibus : tum ultra hos vivere alios homines,
qui per sex menses dormiant.   Issedonas autem huiusmodi
uti institutis narrant.   Quando cuipiam pater mortuus est, propinqui cuncti adducentes pecudes ad eum conveniunt.   Quibus
mactatis et in frusta concisis, mortuum etiam patrem hominis in
frusta concidunt, mixtisque cunctis carnibus epulas exhibent.
Dicunt etiam caput depilatum expurgatumque inaurare, eoque
pro sacro vase uti, quum magna sacrificia peragant.   Issedones
autem narrant esse homines unoculos, et gryphas, qui auri thesauros custodiant in montibus.

II.—THE SIEGE OF BARCA.

Mines and countermines.

138.—Narrant Persas obsidione cinxisse urbem Barcam, postulantes ut viri nonnulli traderentur, qui facinus aliquod fecissent: sed conditionem non accepisse oppidanos, quorum universa multitudo particeps caedis esset. Itaque Barcam oppugnarunt novem continuos menses, cuniculis actis, ut in urbem intrarent, et in murum saepius facto impetu. Sed cuniculos indagavit faber aerarius aeneo scuto. Circumtulit enim scutum intra murum, et pavimento urbis admovit. Iam alia loca, ubi illud admovebat, surda erant; qua arte vero erant cuniculi, ibi sonum edebat aes scuti. Itaque ibidem ex adverso cuniculum agentes oppidani Persas interficiebant terram fodientes.

Equivocation.

139.—His rebus quum multum tereretur temporis, multique utrinque caderent, dux Persarum hoc consilium capit. Intelligens vi capi Barcam non posse, haec facere instituit. Noctu latam fodit fossam, cui ligna parum valida instravit, superque ligna humum ingessit, ita ut superficies reliquae terrae aequalis esset. Die orto, Barcaeos ad colloquium invitavit. Ad extremum, super occulta fossa sacrificantes, duces utrinque dixerunt: 'Dum illa terra firma maneret, mansurum esse iusiurandum: Barcaeos promittere se pecuniam regi soluturos: Persas nihil novi in Barcaeos facturos.'

Treachery.

140.—Icto foedere, Barcaei ipsi egrediebantur urbe, et hostibus, ut intra murum ingrederentur, permittebant; at Persae, disrupto occulto ponte, in urbem irruebant. Persae autem hac caussa pontem, quem fecerant, ruperunt, ut starent iureiurando, quod fecerant cum Barcaeis, 'tamdiu ratum fore foedus, quamdiu terra maneret firma.' Rupto autem ponte, non amplius ratum oedus manebat.

III.—ANECDOTES.

A neat compliment.

141.—Darius exercitui praefecit Megabazum, virum Persam : quem magnopere honoraverat, hoc in eum verbo coram Persis dicto. Mala punica comedere cupiverat Darius : qui postquam primum aperuit malum, quaesivit ex eo frater Artabanus, 'quidnam esset cuius tantum sibi numerum esse cuperet, quantus numerus granorum in malo esset ?' Cui Darius respondit : 'Velle se tot Megabazos habere ; hoc enim malle, quam Graeciam suae potestati subiectam.'

The gold trade.

142.—Narrant Carthaginienses esse locum Libyae extra Herculeas columnas, hominesque ibi habitantes : quos quando ipsi mercandi caussa adeant, expositas e navi merces in ipso maris litore a se disponi : tunc se, conscensis rursus navibus, excitare fumum. Indigenas, conspecto fumo, accedere ad mare, et deposito pro mercibus auro rursus procul a litore discedere. Tum Carthaginienses navibus egressos, rem inspicere ; et si satis magnam auri copiam repererint, ablato auro abire : sin minus, redire in naves, donec satis auri repertum sit.

An odd remedy for a cold.

143.—Narrant Nomadas Libyae noc facere. Quum pueri quartum annum compleverunt, tunc illis venas in verticc capitis lana

ovium urunt, nonnulli etiam venas temporum.   Idque hac caussa
faciunt, ne insequente tempore unquam morbo ullo capitis affi-
ciantur.   Hanc ob caussam aiunt optima se frui valetudine.
Revera enim Libyes prae omnibus hominibus, quos novimus,
firmissima utuntur valetudine.   Num hac de caussa hoc fiat,
equidem pro certo non dico : sunt autem utique fortissimi. Refero
autem quae ab ipsis Afris narrantur.

IV.—THE FIRST INVASION OF EUROPE.

Darius invades Scythia.

144.—Darius Persarum rex bellum Scythis intulit.   Istrum
igitur flumen ponte iunxit, pontemque Graecis Ionibus custodien-
dum tradidit.   Tum in Scythas cum omnibus copiis profectus est.
Scythae autem aciem committere nolebant.   Ita quum tempus
extraheretur, neque finis ullus appareret, Darius, misso equite
ad Scytharum regem, interrogavit, 'Cur semper fugeret?'   Dixit
etiam, 'debere eum aut pugnam committere, aut terram et aquam
ferentem, in colloquium venire.'

The message and gifts of the Scythian king.

145.—Ad haec Scytharum rex haec respondit : 'Nolle se pugnare, qui nec oppida nec culta arva haberent, quae defendere deberent.   Pro autem terra et aqua, quas postulasset, dona alia mis-
surum.   In malam crucem proinde abiret.'   Illud igitur responsum praeco ad Darium retulit.   Tandem Scythae praeconem
miserunt, qui dona ferebat, avem et murem et ranam et quinque
sagittas.   Haec dona afferentem interrogarunt Persae, quaenam
esset mens mittentium.   Respondit praeco : 'Nihil aliud sibi
mandatum esse, nisi ut his datis quam primum abiret; ipsos

autem Persas, si sapientes essent, posse cognoscere, quidnam
ista dona significarent.'

Interpretations of the meaning of the gifts.

146.—Darius quidem putabat, 'Scythas sese et terram et aquam
tradere : quod mus in terra viveret, rana in aquis, avis autem
similis esset equo : denique tela tradere, tanquam suam fortitudinem.' Gobrias autem, unus e septemviris qui Magos oppres-
serant, putabat dona haec significare : 'Nisi aves facti Persae
evolarent, aut in mures conversi terram subirent, aut ut ranae
in paludes insilirent, sagittis interfectum iri.'

The Scythian tactics.

147.—Scythae vero, audito servitutis nomine, iram non tenuere.
Nuntios miserunt ad Istrum, quibus imperaverunt ut in colloquium venirent Ionibus, qui pontem custodirent. Constituerunt autem de improviso impetum in Persas facere, quum
cibum caperent. Equitatus quidem semper in fugam vertebat
equitatum Persarum : tum recedebant Scythae, peditatum metuentes. Similes vero impetus noctu Scythae faciebant.

The allies of the Persians.

148.—Erat tunc Persis utilis, Scythis vero iniqua, res dictu admodum mira : nempe vox asinorum, et mulorum species. Etenim
nec asinum nec mulum fert Scythica terra. Itaque vox asinorum
et mulorum species territabat Scytharum equitatum. Constat
autem, quum in Persas impetum facerent, equos audientes
asinorum vocem, et mulos videntes, saepe in fugam sese
recepisse.

The Scythians tamper with the Ionian Greeks.

149.—Dum haec geruntur, nuntii Scytharum ad Istrum per-
veniunt, et custodibus pontis ita dixerunt : 'Venire se, ut libertatem

illis pollicerentur, si pontem relinquere vellent. Solverent pontem
ᴜt domum abirent. Ita interfectum iri Persas, libertatem autem
Ionibus datum iri.' Haec quum se facturos Iones polliciti essent,
Scythae abierunt : rebantur enim Iones promissa servaturos esse.

The retreat of the Persians.

150.—Interim Darius constituit ad pontem cum exercitu proficisci : videbat enim Scythas invictos esse. At, quum maior pars
Persici exercitus pedestris esset, Scythicus autem exercitus esset
equester, Scythae multo prius quam Persae ad pontem pervenerunt. Itaque Ionibus, qui in navibus erant, haec dixere : 'Nunc
quidem solvite pontem, et ocius abite, recuperata libertate.
Fugientes Persas exercitus noster sequitur.'

Deliberations of the Ionians.

151.—Itaque de his deliberarunt Iones. Et Miltiadis quidem
Atheniensis, haec erat sententia : 'Parerent Scythis, et Ioniam
liberarent.'ᐧ Contra vero suadebat Histiaeus Milesius ut manerent.
Huius vicit sententia. Itaque pontis parte, quae Scytharum
ripam spectabat, ad teli iactum soluta, ut aliquid facere vider-
entur, et ne Scythae tentarent vim afferre, ita Histiaeus Scythas
allocutus est : 'Viri Scythae, faciemus quae vultis. Pons solu-
tus est. Nunc Persas interficere potestis.' Tum Scythae decepti
reversi sunt, ut Persas adorirentur.

Darius and his army escape.

152.—Interim advenit Persicus exercitus ; sed quum pontem
solutum vidissent, magnopere timebant ne ab Ionibus desererentur.
Erat tunc apud Darium vir Aegyptius, omnium hominum maxima
voce praeditus. Hunc Darius iussit, in ripa stantem, vocare
Histiaeum Milesium. Quod ubi fecit, Histiacus statim, navibus
omnibus ad traiiciendum exercitum paratis, pontem iunxit. Ita
Persae e Scytharum manibus effugerunt.

V.—A HAIRBREADTH ESCAPE.

153.—Olim Sandoces quidam urbi Cymae praefectus erat. Hunc Darius rex, quum invenisset, eum, quum iudex fuisset, accepta pecunia iniustam sententiam pronuntiasse, in crucem agi iussit. Et iam suspensus erat; quum Darius, rationem secum iniens rerum ab illo gestarum, reperit multo plura esse eius merita in regiam domum quam malefacta. Quod postquam reperit, agnoscens properantius a se quam sapientius actum esse, solvi hominem iussit. Ita supplicium a Dario decretum effugit, superstesque fuit.

VI.—OROETES AND POLYCRATES.

The cause of Oroetes' jealousy of Polycrates.

154.—Oroetes Persa, Sardium praeses constitutus a Cyro, facinus animo agitavit nefarium : etenim Polycratem Samium, a quo nec facto ullo nec dicto quoquam iniurioso fuerat laesus, quemque non viderat unquam antea, capere et interficere cupivit : idque, ut plerique tradunt, talem ob caussam. Ad regis portam quum sedisset hic Oroetes, et alius Persa, cui nomen Mitrobati fuit, hi ambo in verborum contentionem dicuntur incidisse. Narrant autem Mitrobaten, quum de virtute inter se disceptarent, Oroetae haec dixisse : 'Tune vir es, qui Samum insulam tuae praefecturae proximam, in Regis potestatem non redegisti ? quum sit subactu ita facilis ut indigenarum aliquis, cum quindecim armatis insurgens, ea potitus sit atque etiam nunc in ea dominetur !' Dicunt igitur, Oroeten his auditis, aegre ferentem exprobrationem, cupivisse non tam vindictam capere de eo qui haec sibi dixisset, quam omnino Polycratem perdere, propter quem male exprobratus esset.

155.—Sunt pauciores nonnulli qui tradunt, misisse Oroeten praeconem Samum, nescio quid petiturum: (nec enim hoc memoriae
proditur:) Polycratem autem tunc in exedra forte decubuisse, et
affuisse ei Anacreontem Teium; atque quum accedens Oroetae
praeco verba fecisset, Polycratem ad murum tunc forte conver-
sum, nec aspexisse hominem paullisper nec responsum dedisse.
Sic caussa mortis Polycratis duplici modo traditur.

The machinations of Oroetes.

156.—Oroetes vero, qui Magnesiae habitabat, Lydum quendam
misit nuntium ferentem quo Polycratis animum exploraret.
Polycrates autem magnam spem habebat fore ut Ioniae et insul-
arum imperio potiretur.   Oroetes, intelligens hoc eum animo
agitare, misso nuntio, haec dixit: ' Oroetes Polycrati salutem
dicit.   Intellexi te magnas res moliri; parum autem pecuniae
tibi esse.   Nunc tu, si hocce feceris, et tuas res augebis, et me
quoque servabis.   Mortem mihi meditatur Cambyses.   Tu ergo
et me ipsum ex hac terra educas, et pecunias meas exportes.
Harum quidem partem tu tene, partem me tenere patere:
harum ope Graeciae imperio potieris.   Quod si fidem mihi non
habueris, mitte civem, quemcunque fidelissimum habes, cui ego
pecunias monstrabo.'

He deceives the messenger of Polycrates.

157.—His auditis gavisus Polycrates, accepit conditionem. Primum igitur misit speculandi caussa Maeandrium, qui scriba eius
erat. Oroetes postquam cognovit exspectari speculatorem, hoc fecit.
Cistas octo lapidibus complevit, brevi spatio excepto circa oras,
super lapides vero aurum coniecit: tum obsignatas cistas in parato
habuit.   Et Maeandrius, ubi advenit spectavitque, renuntiavit
Polycrati.   Ita omnino deceptum esse Polycratem narrant.

The dreams of Polycrates' daughter.

158.—Tum ille, quamvis vates dissuaderent ei, ipse eo proficisci paravit. Ad haec filia eius dormiens tale viderat insomnium. Visus ei erat pater in aere sublimis esse, et lavari a Iove, inungi vero sole. Hoc quum ei oblatum esset visum, vehementer contendebat, ne ad Oroeten pater proficisceretur; atque etiam, dum ille actuariam navem conscendebat, illum ominosis verbis prosecuta est. Tum ille minatus est: 'quando salvus rediisset, multos annos illam sine marito mansuram:' et illa precata est, 'ut rata haec fierent: malle se enim sine marito esse, quam patre privari.'

The murder of Polycrates.

159.—Itaque Polycrates, spreto omni consilio, ad Oroeten navigavit, quum alios multos comites secum ducens, tum Democedem medicum praeclarum. Quum vero Magnesiam Polycrates pervenisset, misere periit, supplicio nec regia potestate digno, nec ingenio: nam exceptis Syracusanorum tyrannis, ne unus quidem ex aliis tyrannis Graecis dignus est qui magnificentia cum Polycrate comparetur.

The fulfilment of fate.

160.—Turpi modo et narratu indigno occisum, cruci eum Oroetes affixit: quicunque vero ex comitibus Samii erant, hos dimisit, gratiam sibi habere iubens quod libertatem servarent; quotquot autem peregrini aut servi erant, hos vinctos mancipiorum loco habuit. Sic Polycrates ex cruce suspensus universum filiae somnium explevit: lavabatur enim a Iove, quando pluebat: et inungebatur sole, humorem ipse e corpore emittens. Itaque suprema Polycratis felicitas hunc habuit finem, quemadmodum ei

Amasis Aegypti rex ominatus erat. Oroetes autem haud multo post a Dario, rege Persarum, capitis condemnatus est. Tali igitur modo Oroeten persecutae sunt dirae Polycratis Samii ultrices.

VII.—DARIUS AND DEMOCEDES.

Darius meets with an accident.

161.--Quum Oroetae res familiaris Susa esset transportata, accidit ut Dario regi, inter venandum ex equo desilienti, pes distorqueretur. Et graviori quodam modo distortus est, nam astragalus ex articulis exierat. Itaque medicis Aegyptiis, quos praestantissimos in arte medicorum putabat, usus est. At illi, torquentes pedem vimque magnam afferentes, malum auxerunt.

The captive surgeon.

162.—Quum igitur totos septem dies septemque noctes insomnes egisset; octavo die graviter laboranti Dario nuntiat quispiam, se olim Sardibus Democedis artem forte audivisse laudari: rexque imperavit, ut ad se quam primum adduceretur. Qui ubi inter Oroetae mancipia repertus est, producitur in medium, compedes trahens, et laceros pannos indutus.

He cures the king.

163.—In medio stantem interrogavit rex num arte medica calleret; at ille negavit, veritus ne, si cognosceretur, nulla spes reliqua foret in Graeciam redeundi. Darius vero intelligens dissimulare hominem, et gnarum esse artis, flagella et stimulos in medium proferri iussit. Tum ille professus ait, accurate quidem se artem non doctum esse, sed aliquantulam eius notitiam habere ex ami-

citia quam cum medico quodam habuisset.　Deinde, quum rex se
illi permisisset, Graecis adhibitis medicamentis et lenibus post
vehementiora admotis, effecit ut et somnum caperet rex, et brevi
tempore sanum incolumemque praestitit, quum nunquam rectum
pedis usum se recepturum sperasset.

His reward.

164.—Inde duabus aureis compedibus donatus a Dario Democe-
des quaerit ex rege, ' num consulto duplex malum reddat, quod
sanum illum praestiterit ?'　Quo verbo delectatus Darius, ad uxores
suas eum ablegavit; quibus servi, eum producentes, dixerunt,
' esse hunc qui vitam regi praestitisset.'　Tum earum unaquaeque phiala aurum e cista hauriens, tam largo munere auri Demo-
ceden donavit, ut famulus, qui eum sequebatur, cui nomen erat
Scitoni, ex stateribus qui in terram deciderant, ingentem auri
vim sibi colligeret.

VIII.—A THRACIAN SUTTEE.

165.—Apud Thracas hic mos instituitur.　Uxores quisque vir
plures habet.　Mortuo autem viro, magna fit inter uxores discep-
tatio, quaenam ex uxoribus carissima fuerit marito.　Deinde, quae
talis esse iudicata est, illa, a viris et mulieribus collaudata, iugu-
latur super tumulo ab propinquis : tum una cum marito sepelitur.
Reliquae vero magnae sibi calamitati id esse arbitrantur.

IX.—A LAKE VILLAGE.

166.—Lacum Prasiadem gens incolit tali modo.　Stant in medio
lacu tabulata, altis palis instrata, quae angustum habent ex continente aditum.　Unusquisque vir super tabulatis illis tugurium
habet, in quo vitam agit.　Parvulos autem pueros puellasque
funibus ex pede alligant, veriti ne imprudentes in aquam decidant.

Equis et iumentis pro pabulo pisces praebent. Est autem tanta copia piscium, ut, quando corbem ex fune in aquam demittant, brevi interposita mora plenam piscibus extrahant.

X.—A WAY OUT OF A DIFFICULTY.

167.—Aristagoras Milesius conatus est persuadere Cleomeni Spartanorum regi ut expeditionem susciperet adversus Persas. Qui quum nesciret quo modo rem detrectaret ; quaesivit ex Aristagora, quot dierum esset iter a mari Ionio ad regem ? Et Aristagoras, alioquin callidus homo, et eum pulcre decipiens, coactus est respondere, trium mensium esse iter. Tum vero Cleomenes, praecidens reliquum sermonem, quem de itinere illo facturus erat Aristagoras, ait : ' Hospes Milesie, excede Sparta ante solis occasum : non enim sermonem dicis audiendum Spartanis, qui eos cupias trium mensium viam abducere a mari.' His dictis Cleomenes domum abiit.

A noble child.

168.—Tum vero Aristagoras sumpto oleae ramo domum adiit Cleomenis, et ingressus supplex illum precatus est, ut, dimissa filiola, sese audiret : astabat enim forte Cleomeni filia, cui nomen erat Gorgo, unica illius proles, annorum octo aut novem puella. Iussit illum Cleomenes dicere quae vellet, nec cessare puellae caussa. Ibi Aristagoras decem incepit talenta ei polliceri, si ea, quae petiisset, sibi effecta dedisset : abnuente Cleomene, progressus est augendo subinde pecuniae summam, donec postremo, quum quinquaginta talenta pollicitus esset, exclamavit puella : ' Pater, corrumpet te hic hospes, nisi ocius hinc abscesseris.' Tum delectatus Cleomenes puellae monito, abiit, et Aristagoras Sparta omnino excessit, neque ei licuit de itinere ad regem plura commemorare.

XI.—THE ADVANTAGES OF A REPUBLIC.

169.—Athenae diu a tyrannis oppressae erant. His tandem coactis ut exsulatum abirent, auctae sunt Athenarum opes: civitas-que florentissima facta es⁺ Apparet autem, non hoc solum exemplo, sed ubique, quam praeclara res sit iuris aequalitas. Nam et Atheni-enses, quamdiu sub tyrannis erant, nullis ex finitimis populis bello fuerunt superiores; tyrannis autem liberati, longe primi facti sunt. Quae res declarat, quoad a tyrannis essent oppressi, illos minus fortiter rem gessisse, quippe pro domino non pro se: postquam vero in libertatem sunt restituti, unusquisque pro se ipse studiose dabat operam ut recte rem gereret.

XII.—THE SHORTEST WAY TO ABSOLUTE POWER.

170.—Periander, rex Corinthi, initio quidem mitis erat; sed, ex quo per nuntios commercium habuit cum Thrasybulo, Milesiorum tyranno, crudelis et sanguinolentus factus est. Misso ad Thrasy-bulum praecone, quaesivit ex illo, 'quo pacto, rebus omnibus firmissime constitutis, optime praeesset civitati?' Thrasybulus, homine qui a Periandro missus erat extra urbem educto, ingressus est arvum quoddam satum, ambulansque per segetem, sciscitansque ex eo cur ad se Corintho missus esset, detruncabat interim quamque spicam super alias eminentem, donec pulcherrimam et pinguiss-imam segetis partem tali modo corrupit; denique, postquam agrum ita pervagatus est, dimisit legatum, nullum verbum ei praecipiens. Ubi Corinthum rediit legatus, cupidus erat Periander cognoscendi praecepta Thrasybuli. Respondit legatus: nihil sibi mandasse Thrasybulum. Tum renuntiavit, quid agentem Thrasybulum vidis-set. At Periander, intelligens factum, reputansque moneri se a Thrasybulo ut eminentiorem quemque civem interimeret, tum vero omnem adversus cives nequitiam exercere incepit. Mox, inter-fectis omnibus primoribus, omnia facere, quae vellet, facile potuit.

XIII.—THE IONIC REVOLT.

The burning of Sardis.

171.—Iones, auctore Aristagora, a Dario defecerunt. Itaque viginti naves Athenienses Miletum advenerunt, quas sequebantur quinque triremes Eretriensium, Ionibus auxilio. Tum Aristagoras expeditionem adversus Sardes suscepit. Urbem capiunt : quominus vero captam diripere possent, haec res fuit impedimento. Erant Sardibus pleraeque domus ex arundine constructae. Harum unam quum incendisset quidam ex militibus, ab illo initio cetera consumens ignis, universam urbem depascebat. Tum Persae, ex arce impetu facto, hostes adorti sunt. Acriter pugnatum est. Iones ingenti clade victi sunt. Constat magnum numerum eorum a Persis interfectum esse.

The anger of Darius against the Athenians.

172.—Interim Dario nuntiatur, Sardes incensas ab Atheniensibus Ionibusque, illiusque tumultus auctorem, cuius auxilio haec suscepta sint, Aristagoram esse Milesium. Quo accepto nuntio, nulla ratione habita Ionum, quos noverat poenam certam daturos, dicitur rex quaesivisse, ' quinam essent Athenienses ? ' deinde, quum audivisset, poposcisse arcum, et sagittam arcui impositam emisisse in caelum, exclamans, ' Proh Iupiter, contingat mihi poenas sumere ab Atheniensibus ! ' His dictis mandavit uni e ministris, ut quoties coena ipsi apponeretur, ter diceret, ' Domine, memento Atheniensium ! '

XIV.—THE CAMPAIGN IN CYPRUS.

Preparations of the Insurgents.

173.—Interim in Cypro haec gesta sunt. Onesilo duci Cypriorum nuntiatur, Artybium Persam cum classe et ingenti Persarum

exercitu affuturum esse in Cyprum.   Quo cognito Onesilus
Cyprius praeconem dimisit per Ioniam, auxilio Ionas advocans:
nec diu re deliberata, affuerunt Iones cum magna classe.   Eodem
tempore quo Iones advenere, Persae etiam, quum navibus e
Cilicia traiecissent, pedestri itinere Salaminem contenderunt:
navibus autem Phoenices circumnavigarunt promontorium quae
Claves Cypri vocantur.

They hold a council of war.

174.—Quae quum ita essent, Cyprii tyranni convocatos Ionum
duces ita allocuti sunt: ' Vobis, Iones, nos Cyprii permittimus ut
eligatis cum utris velitis confligere ; cum Persis, an cum Phoenicibus.   Quod si pedestri pugna cum Persis vultis congredi, oportet
vos, nulla interposita mora, navibus egressos, pedestrem instruere
aciem·; nos vero, conscensis navibus vestris, Phoenicibus nos
opponere.   Sin cum Phoenicibus tentare fortunam mavultis ;
utramcunque partem elegeritis, operam dare necesse est, ut, quantum per vos fieri potest, liberae sint et Ionia et Cyprus.'   Ad haec
Iones responderunt: ' Nos Ionia misit ut mare custodiamus ; non
ut naves nostras tradentes Cypriis, ipsi cum Persis pedestri acie
confligamus.   Nos igitur, qua parte locati sumus, in ea utilem
praestare operam conabimur: vos autem, memores qualia Persis
parentes passi ab illis sitis, fortes viros esse oportet.'   Post
haec, quum Persae in Salaminiorum advenissent campum, aciem
instruxerunt reges Cypriorum: ita quidem ut ceteros Cyprios
hostium ceteris militibus opponerent, Persis autem fortissimos e
Salaminiis selectos.   Contra Artybium vero, ducem Persarum,
lubens stetit Onesilus.

The charger of Artybius.

175.—Vehebatur Artybius equo, qui erectus stare adversus armatum militem edoctus erat.   Qua re cognita Onesilus, quum esset
ei armiger genere Car, arte bellica clarus et animi plenus, dixit huic:

'Artybii equum audio erectum stare, et pedibus atque ore pugnare contra adversarium. Tu igitur ocius delibera tecum, mihique ede, utrum observare et ferire velis equum, an ipsum Artybium?' Ad haec famulus respondit: 'Paratus equidem sum, rex, et utrumque facere, et alterutrum, et omnino quidquid tu iusseris: dicam tamen id quod tuis rebus commodissimum mihi videtur. Regem ducemque aio oportere cum rege et duce congredi: nam si tu virum ducem interfeceris, magnum hoc tibi erit: sive, quod dii prohibeant, te ille; ab digno etiam homine occidi, minor calamitas est. Nos vero famulos aio oportere cum famulis congredi, et cum equo; cuius tu artes ne timueris: ego enim tibi polliceor, adversus nullum hominem porro illum se erecturum.'

The battle.

176.—Haec postquam armiger dixit, mox deinde commissa pugna est, et terra, et mari. Et navibus quidem Iones, acriter illo die pugnantes, superaverunt Phoenices: et inter Ionas, Samiorum prae ceteris virtus eminuit. Pedestres vero ubi congressae sunt copiae, magno impetu invicem irruentes pugnarunt. Ab imperatoribus autem utrinque haec gesta sunt. Ubi Artybius, equo quem dixi vectus, adversus Onesilum impetum fecit, Onesilus, quemadmodum ei cum armigero convenerat, ferit ipsum irruentem Artybium: quumque equus scuto Onesili pedes iniiceret, Car falce feriens pedes praecidit equi. Ita Artybius dux Persarum, una cum equo, ibidem cecidit.

The insurgents are betrayed and defeated.

177.—Dum vero ceteri etiam acie pugnant, deserit Cyprios Stenosor, unus e ducibus cum non exigua militum manu, quos secum habebat. Postquam Stenosor deseruit socios, protinus Salaminiorum quoque essedarii idem fecerunt. Quo facto superiores Cypriis Persae evaserunt. Quorum exercitu in fugam verso, occiderunt et alii multi, et ipse Onesilus, qui Cypriis auctor fuerat defectionis. Diu restiterunt socii, sed a Persis circumventi tandem fusi fugatique sunt. Magna praeda, magno captivorum numero potiti sunt Persae.

A strange portent.

178.—Onesili caput Amathusii, quos ipse obsederat, abscissum Amathunta portarunt, et super oppidi portam suspenderunt. Narrant, postquam cavum caput ita suspensum fuerit, apium examen, in illud sese insinuans, favis replevisse. Quod quum accidisset, oraculum consulentibus Amathusiis, ' quid facerent ?' datur responsum, ' auferrent caput humarentque ; Onesilo vero, ut heroi, annua sacra facerent. Id si fecissent, melius cum ipsis actum iri.' Hoc fecerunt Amathusii ad meam usque aetatem.

The true author of the revolt.

179.—Aristagoras, dum oppidum quoddam obsidet, interficitur. Histiaeus vero Mileti tyrannus, qui seditionis auctor fuerat, a Dario dimissus Susis, Sardes profectus erat. Quo ubi advenit, interrogavit eum Artaphernes, Sardium praeses, ' quanam re inductos Ionas a rege defecissse putaret.' Id quum se ignorare diceret, mentiri eum videns Artaphernes ait : ' Ita tibi, Histiaee, haec res se habet : calceum hunc tu confecisti, quem induit Aristagoras.' Hoc quum dixisset Artaphernes, veritus Histiaeus ne interficeretur, in fugam se recipit. Tum Miletum adit. At Milesii, lubenter Aristagora liberati, eum recipere nolebant. Itaque quum noctu per vim intrare Miletum conatus esset, repulsus est, atque etiam ab aliquo ex Milesiis in femore vulneratus est. Inde Byzantium navigavit, ibique omnes naves, quae praeteribant, capiebat, exceptis eorum navigiis qui se paratos esse Histiaeo parere profiterentur. Mox captus est ab Artapherne, qui corpus suspendit e cruce, caput autem sale conditum, Susa ad Darium

misit. Darius autem caput lotum et bene curatum sepeliri iussit,
ut viri de se praeclare meriti. Hoc igitur fato Histiaeus functus
est.

XV.—THE BATTLE OF LADE.

The determination of the insurgents.

180.—Interim ad Miletum ingens et navalis et pedester exspec-
tabatur exercitus.   Nam Persarum duces, iunctis copiis, adversus
Miletum proficiscebantur.   Itaque Iones copias conscribere inceperunt.   Convocato concilio placuit ne quis pedester exercitus, qui
opponeretur Persis, cogeretur, sed ut muros defenderent ipsi per
se Milesii : classis autem rebus omnibus instrueretur, atque quam
primum ad Laden occurreret, et pugna navali decerneret.   Est
autem Lade parva insula, haud procul ab urbe Mileto.   Erant
autem Ionibus triremes trecentae quinquaginta tres.   Naves
vero, quas barbari habebant, erant sexcentae.

The speech of Dionysius.

181.—Deinde vero, ubi in Lade insula Iones convenere, conci-
ones habitae sunt, et quum alii apud eos verba fecissent, tum Dionysius, unus e ducibus, ita locutus est : ' Nunc quum in novaculae
acie sint res nostrae, utrum liberi simus, an servi ; si quidem
volueritis labores suscipere, erit id quidem nunc vobis molestum,
sed poteritis esse liberi hostibus superatis : sin, disciplina militari
intermissa, vos otio dederitis, nullam equidem spem habeo,
poenam defectionis effugere vos posse.   Sed me audite, mihique
vos permittite ; et vobis ego polliceor hostes magnam cladem
accepturos.'

Dissatisfaction in the fleet.

182.—His auditis, Dionysio se permiserunt Iones.   Tum ille
quotidie, navibus longo ordine eductis, postquam remiges in discur-

rendo singulis navibus per binas alias exercuerat, et milites iusserat armatos in ponte stare, reliquam diei partem in ancoris tenebat. Et illi quidem ad septimum diem ei parebant; insequente vero die, quum impatientes essent talium laborum, molestiis et solis ardore lacessiti, hosce inter se sermones miscebant: 'Cur hos exhaurimus labores? nam desipientes nosmet vano iactatori permisimus, qui tres modo naves in commune contulit. Quanto praestat, quidvis aliud, quam haec mala, pati! Agite, ne diutius huic homini pareamus!' His dictis, nemo amplius mandata facere voluit, sed tanquam pedester exercitus, castris in insula positis, degebant in umbra, naves conscendere exercerique nolentes.

Defeat of the Ionians.

183.—Interim Persae cum classe contra progressi sunt. Tum Iones etiam naves suas longo ordine eduxerunt. Proelio commisso, nonnulli e ducibus, sublatis velis, deserta acie in fugam se receperunt. Reliqui vero, ubi plerosque socios prodere rem communem viderunt, noluerunt fugere, sed pugnarunt discurrentes per hostium naves, easque perrumpentes; donec, quum plures naves cepissent, ipsi suarum maiorem partem perdiderunt. Satis constat Ionas magno cum detrimento devictos esse. Dionysius vero, actum esse de classe intelligens, in Siciliam vela fecit; ex qua coortus praedari incepit: Graecis quidem navibus nunquam insidiatus, sed Carthaginiensibus ac Tyrrhenis.

Capture of Miletus.

184.—Persae, victis pugna navali Ionibus, terra marique Miletum oppugnarunt, et, suffossis muris, admotisque cuiusque generis machinis, cum ipsa arce ceperunt, sexto a defectione Aristagorae anno; captamque in servitutem redegerunt. Ita ea ipsa calamitate devicta urbs Miletus est, quae in illam oraculo praedicta erat.

The prediction of the oracle.

185.—Quum enim Argivi Delphorum oraculum de suae urbis salute consuluissent, alia de Argivis, alia de Milesiis edidit Pythia. Quae vero ad Miletum attinebant, haecce erant:—

> Tunc quoque, commentrix operum Milete malorum,
> Permultis coena et praestantia munera fies,
> Crinitisque pedes tua pluribus abluet uxor;
> Templi aliis nostri in Didymis sua cura manebit.

Tunc igitur haec Milesiis acciderunt, quando virorum maior pars interfecta est a Persis longos capillos alentibus, et templum in Didymis exspoliatum igne concrematum est.

A too affecting drama.

186.—Athenienses autem et aliis multis modis monstraverunt, quantum ea Mileti expugnatione luctum perceperint; et, quum Phrynichus, poeta praeclarus, drama scripsisset docuissetque, de Mileti expugnatione, in lacrimas eruperunt omnes spectatores, et mille drachmis multatus est poeta, quod domesticarum calamitatum mentionem fecisset; et lege prohibitum est, ne quis amplius hoc dramate uteretur.

Failure of Mardonius' expedition against Greece.

187.—Darius ob incensas Sardes poenam de Atheniensibus et Eretriensibus sumere constituit. Magnis igitur copiis Mardonium praefecit. Hic navem ipse conscendit, et cum reliquis navibus profectus est: pedestrem vero exercitum alii duces ad Hellespontum duxerunt. Primum Thasios classe aggressi, qui ne manus quidem contra illos sustulerant, sibi subiecerunt: tum pedestri exercitu Macedonas sub iugum miserunt. Dein Athon montem navibus circumvehi instituerunt. Sed maxima coorta tempestate, maximus navium numerus ad montem illisus est. Aiunt trecentas ex navibus periisse, et hominum amplius viginti millia. Pedestrem vero exercitum noctu aggressi Thraces, magnum militum numerum occiderunt. Itaque Mardonius, turpiter re gesta, copias in Asiam ducere coactus est.

XVI.—THE SECOND EXPEDITION AGAINST GREECE.

Preparations.

188.—Ne tum quidem Darius incepto destitit. Nam et famulus eum admonebat ut reminisceretur Atheniensium, et ipse cupiebat Graecos subigere. Itaque, Mardonio ab imperio remoto, qui male rem gesserat, Datin et Artaphernem novis copiis praefecit, dato mandato, ut Athenas Eretriamque sibi subiicerent, et capta inde mancipia in suum conspectum adducerent. Hi nominati imperatores, quum ad mare pervenissent, magnas copias conscripserunt ; accesserunt etiam naves equis transvehendis, quas superiori anno Darius parandas curaverat. Equis in naves impositis, et omni pedestri exercitu conscendere iusso, sexcentis triremibus profecti sunt.

The voyage.

189.—Per Icarium mare cursum tenuere, metuentes maxime, ut mihi videtur, montis circuitum, in quo superiori anno ingentem calamitatem passi erant. Ubi per mare Icarium transvecti Naxon insulam advenere, omnes Naxii in montes confugerunt. Persae vero, in servitutem redactis illis, quoscunque comprehendissent, et aedem et urbem incenderunt. Quo facto adversus reliquas insulas navigare pergebant.

Delos is spared.

190.—Dum haec geruntur, Delii etiam, relicta insula Tenum effugiunt. Datis autem, ubi in viciniam Deli cum exercitu pervenit, non passus est classem ad insulam appellere; et postquam cognovit, quo se Delii recepissent, misso praecone, haec iis edixit: 'Cur fuga abitis, viri sancti? ne me nequissimum hominem putaveritis. Hoc mihi mandatum est a rege, ne, qua in terra hi duo dii nati sint, eam neu incolas eius laedam. Quare redite ad vestras sedes.' His dictis trecenta turis talenta super aram congesta adoluit.

The fulfilment of an old prophecy.

191.—Post digressum Persarum ex hac regione, commota tremuit Delos: quod nec ante id tempus, ut aiunt Delii, nec post, ad meam usque aetatem, factum est. Et hoc quidem prodigium edidit Deus, ut imminentia hominibus mala significaret. Constat autem regnantibus Dario, Xerxe, Artaxerxe, plura mala afflixisse Graeciam, quam per viginti alias generationes quae ante Darium exstiterint. Itaque non sine caussa commota est Delos. Et in vaticinio ita scriptum est :—

Et Delum, quamvis sit adhuc immota, movebo.

Haec autem tria nomina hoc significant Graeco sermone : Darius coercitorem, Xerxes bellatorem, Artaxerxes magnum bellatorem.

State of affairs at Eretria.

192.—Eretrienses autem, ubi cognoverunt sese peti a Persis, Athenienses orarunt ut auxilia mitterent. Itaque copiae auxilio iis confestim missae sunt. At in Eretriensibus sanum nullum erat consilium. Qui Athenienses vocaverant, ipsi in duas divisi erant sententias: nam aliis animus erat, relicta urbe in superiora Euboeae loca se recipere : alii vero, privatum quaestum a Persis sperantes, urbem prodere parabant. Quibus rebus cognitis, quidam e primoribus Athenienses oravit, ut domum redirent, ne simul cum Eretriensibus perirent. Itaque statim omnes Athenas reversi periculum evaserunt.

The taking of Eretria.

193.—Persae vero, quum Eretriam pervenissent, expositis copiis, urbem adoriuntur. Oppidani quidem egredi et pugnam committere non audebant, sed muros defendere curae fuit, quando-quidem vicerat sententia non relinquendam esse urbem. Quum autem acriter oppugnaretur murus, intra sex dies multi ex utraque parte perierunt: septimo vero die, nonnulli ex civibus urbem Persis prodiderunt. Qui, urbem ingressi, aedem spoli-arunt incenderuntque, poenam hanc rependentes ob aedem Sardi-bus crematam; homines autem, ut iusserat Darius, in servitutem abstraxerunt.

The Persians land in Attica.

194.—Subacta Eretria, Persae in Atticam navigarunt. Quum-que Marathon esset totius Atticae maxime idoneus equitibus locus, ibi copias exponere iussit Hippias, qui olim tyrannus Athenarum fuit. Is apud Darium diu vixerat, a civibus suis regno expulsus. Qua re cognita, Athenienses etiam ipsi Marathona obviam hosti-bus egressi sunt. Duxerunt autem illos decem imperatores; quorum decimus Miltiades erat, de quo supra narratum est.

The mission of Phidippides and apparition of the god Pan.

195.—Tum vero Spartam missus est praeco Phidippides, qui cursu celerrimus fuit. Cui, ut ipse narrat, deus Pan obviam factus est, compellatoque nominatim Phidippide, iussit eum renuntiare Atheniensibus illos nullam sui curam habere, quamvis sit ami-cissimus Athenis, ac iam saepe de illis bene meritus fuerit, et postea etiam bene sit meriturus. Peracto igitur bello, templum Pani Athenienses condidere, eumque annuis sacrificiis placa-verunt.

196.—Tunc Phidippides, postridie eius diei quo Athenis profectus erat, Spartam pervenit. Primores convocatos ita allocutus
est : 'Petunt a vobis Athenienses, ut sibi subsidio veniatis. Ne
passi sitis ut antiquissima inter Graecos civitas in servitutem
redigatur a barbaris. Nam et Eretria nunc sub iugum missa
est, et illustris civitas periit.' His dictis, placuit quidem Spartanis auxilia mittere Atheniensibus, sed hoc confestim facere
non potuerunt, quum nollent contra legem agere. Erat enim
nonus dies mensis : 'nono autem die, et priusquam plena esset
luna, se non egressuros,' aiebant.

The dream of Hippias, and other omens.

197.—Hippiae, Pisistrati filio, talis visus erat oblatus. Visus
erat sibi cum sua matre colloqui : quo ex somnio intellexerat,
Athenas se rediturum esse. Tunc vero, ducis munere fungens, barbaros in terram egressos ordinavit. Quae dum facit, accidit ei
ut vehementius, quam solitus erat, et sternutaret et tussiret.
Quumque ei, quia aetate erat iam provectiori, plures labarent
dentes, dentium unum, dum tussit, propter vim ex ore eiecit.
Qui quum in arenam cecidisset, magnum adhibuit studium
ut eum reperiret. Postquam vero nusquam dens visus est,
edito gemitu ait : 'Terra haec non est nostra, neque eam in
nostram potestatem redigere poterimus : nam quidquid eius ad
me pertinebat, id dens meus habet.'

The Greeks hold a council of war

198.—Interim Atheniensibus auxilio venere Plataeenses. Concilio convocato, imperatorum bifariam divisae erant sententiae ;
nolentibus aliis, ut proelio confligeretur ; aliis vero, et in his Mil-
tiade, confligendum censentibus. Ita quum decem duces dixissent, undecimus supererat, qui suffragium ferret, is qui pole-

marchus electus erat.   Erat autem tunc polemarchus Callimachus :
quem his verbis allocutus est Miltiades.

The speech of Miltiades.

199.—'In te nunc situm est, Callimache, utrum velis Athenas
in servitutem redigere, an, liberata patria, memoriam tui in omne
aevum relinquere.   Nunquam enim in tantum periculum ad-
ducti sumus.   Si a Persis vincemur, decretum est quid nobis sit
patiendum, Hippiae deditis : sin autem superior evaserit haec
civitas, primam aio futuram esse Graecarum civitatum.   Quo
pacto igitur hoc fieri possit, nunc tibi dicam.   Sententiae imperatorum, qui decem sumus, in duas partes divisae sunt : aliis confligendum ratis, aliis non confligendum.   Si tu meae accesseris
sententiae, habebis liberam patriam, et civitatem primam uni-
versae Graeciae : sin his suffragatus fueris qui dissuadent proelium ;
erit tibi contrarium illorum, quae memoravi, commodorum.'

Preparations for the conflict.

200.—Quibus dictis Miltiades in suam sententiam Callimachum
traxit ; et accedente polemarchi suffragio decretum est ut proelio
confligeretur.   Tum eorum, qui ex imperatoribus pugnandum
censuerant, quisque, ut dies aderat quo imperare debebat, vicem
suam Miltiadi tradidit.   Tum in aciem educti sunt Athenienses,
tali modo instructi : dextro cornu praeerat polemarchus Callimachus : erat enim tunc lex apud Athenienses, ut polemarchus
dextro cornu praeesset.   In laevo cornu stabant Plataeenses.

The battle of Marathon.

201.—Acie ita ordinata, quum caesis hostiis secunda omina
nuntiata essent, Athenienses dato signo pugnae cursu in hostes
contenderunt.   Tum vero Persae, ubi cursu adversus se irruentes

hostes viderunt, ad excipiendos illos se paraverunt.   Aiebant
enim 'furere Athenienses, et in perniciem currere, qui tam pauci
essent neque equitatum neque sagittarios haberent.'   At Athenienses, quum manus conseruissent, pugnam commisere memoratu
dignam.   Primi enim omnium Graecorum in Persas impetum
facere ausi sunt : et primi sustinuerunt Medicam vestem aspicere;
quum ante illum diem vel nomen Medorum Graecis horrorem
incussisset.   In media acie vicerunt barbari ; qui hac parte
victores, perrupta acie, fugientes persecuti sunt.   At in utroque
cornu penes Athenienses et Plataeenses victoria stetit.   Et hi quidem, omissis barbaris quos in fugam verterant, illos aggressi sunt
qui mediam aciem perruperant, et de his quoque victoriam
reportarunt.   Tunc vero in fugam effusos Persas persecuti sunt,
donec ad mare delati, ipsas naves adorti sunt.

The losses on both sides.

202.—In hoc discrimine et alii multi perierunt nobiles Athenienses ; et Callimachus, polemarchus, fortiter pugnans interfectus
est : unus item ex imperatoribus, Stesilaus.   Ibidemque Cynae-
girus, quum aplustre navis manu tenuisset, securi manu amputata
cecidit.   Ceterum septem navibus potiti sunt Athenienses.   Ex
Persis ceciderunt in pugna Marathonia circiter sex millia et
quadringenti ; Atheniensium vero centum nonaginta duo.

A supernatural combatant.

203.—Accidit autem res mira huiusmodi.   Epizelus, civis
Atheniensis, stans in acie fortiterque pugnans, oculorum usu pri-
vatus est, nulla corporis parte nec cominus percussus, nec eminus
ictus : et ab hoc tempore per reliquam vitam caecus permansit.
Memorant autem ipsum de hac calamitate haec narrasse : 'visum esse
sibi virum armatum contra se stare, cuius barba totum tegeret
clipeum : illud autem spectrum praeteriisse ipsum, et virum sibi
proximum interfecisse.'   Haec Epizelum solitum esse narrare audivi.

The Persians attempt to surprise Athens.

204.—Reliquis autem navibus barbari Sunium circumnavigarunt, ad urbem pervenire studentes prius quam rediissent Athenienses. At dum Sunium navigant Persae, Athenienses, quantum
pedibus valuere in urbem retro currentes, prius affuere quam Persae venerunt. Barbari vero, postquam naves ante Phalerum, qui
portus erat Atheniensium, in mari aliquamdiu tenuissent, retro in
Asiam navigarunt. Ita iterum barbari frustrati sunt, dum
Graecia potiri conantur.

XVII.—THE LAST DAYS OF MILTIADES.

Miltiades attacks Paros.

205.—Post cladem Persis ad Marathonem illatam Miltiades,
quum iam magni aestimatus esset apud Athenienses, maiore etiam
fuit auctoritate. Itaque, quum petiisset septuaginta naves et exercitum, quamvis nollet dicere contra quam terram ducturus esset,
diceret tamen, ' ditaturum se eos, si sequerentur,' Athenienses
spe erecti instructas ei naves dederunt. Tum Miltiades accepto
exercitu Paron navigavit; infensus enim erat Pariis ob Lysagoram
quendam, qui eum olim accusaverat. Quum ad insulam pervenisset, Parios intra moenia repulsos obsedit : missoque praecone
in urbem centum postulavit talenta, dicens, ' nisi ea sibi darent,
non se abducturum exercitum, donec vi cepisset urbem.' At Parii
omnibus modis operam dabant, ut urbem defenderent. Quem in
finem et alia excogitabant, et, ubicunque pars muri expugnatu
facilior videretur, ibi eam noctu duplo altiorem, quam prius erat,
aedificabant.

He meets with an accident.

206.—Narrant autem, Miltiadi, de incepti exitu dubitanti, in
colloquium venisse mulierem captivam, cui nomen Timo, quaeque

ministra aedis Dearum Inferarum esset. Hanc, postquam in conspectum venisset Miltiadis, consilium ei dedisse, ut, ' si magni faceret capere Paron, exsequeretur quicquid ipsa illi esset indicatura.' Deinde, auditis mulieris huius praeceptis, Miltiadem in tumulum, qui ante urbem esset, se contulisse, et murum aedi Cereris circumductum traiecisse, quum fores aperire non potuisset : tum ad ipsam deae aedem accessisse. Quum vero iam ad fores esset, subito horrore correptum, per eandem viam, qua venisset, rediisse, et desilientem de muro femur luxasse.

The voice of Apollo.

207.—Itaque Miltiades retro navigavit, neque opes afferens Atheniensibus, nec subacta Paro. Parii autem, obsidione liberati, quum intellexissent Dearum ministram Miltiadi indicasse quid faciendum esset, poenam huius rei caussa sumere voluerunt. Legatos igitur Delphos miserunt, qui oraculum consulerent, ' num ultimo supplicio afficerent Dearum ministram, quae hostibus viam indicasset ut patriam caperent : et sacra, quae viris monstrari nefas esset, Miltiadi aperuisset.' At negavit Pythia, dicens, ' non Timo ipsam huius rei caussam esse ; sed quum in fatis esset ut vita male fungeretur Miltiades, hanc ei a diis missam esse, ducem malorum.' Haec quidem Pythia Pariis respondit.

Disgrace and death of Miltiades.

208.—Miltiadem autem, Paro reversum, quum alii omnes Athenienses accusabant, tum prae ceteris Xanthippus, Ariphronis filius ; qui eum capitis reum egit apud populum, ut qui dolo malo Athenienses decepisset. Quam ad accusationem Miltiades ipse, quamvis praesens esset, non respondit : nec enim poterat, femore iam putrescente. Sed dum ille lectulo impositus in medio iacebat, caussam pro eo dixere amici, pugnae Marathoniae multam mentionem facientes.   Favente autem illi adeo populo, ut capitis crimine eum absolveret, tamen propter damnum civitati illatum quingentis talentis multaret, Miltiades quidem haud multo post, carie ossium corrupto femore, mortuus est; quingenta autem illa talenta filius eius Cimon solvit.

XVIII.—EXPEDITION OF CLEOMENES AGAINST ARGOS.

A subterranean stream.

209.—Cleomeni, Spartano regi Delphicum oraculum consulenti, redditum erat responsum, 'capturum illum Argos.'   Itaque in Argivorum fines cum exercitu profectus est.   Postquam vero ad fluvium pervenit Erasinum, quem aiunt ex Stymphalio lacu effluere: (dicunt enim, hunc lacum, postquam in caecam voraginem se infuderit, rursus apparere in Argolide, et exinde hanc aquam vocari Erasinum ab Argivis); hostias flumini immolavit. Quum vero extis monstraretur, infelicem fore transitum, laudare se ait flumen, quod cives non proderet suos; sed ne sic quidem salvos evasuros Argivos.

The invasion of Argolis.

210.—Post haec retrogressus, et tauro mari immolato, navibus duxit exercitum in Argivorum fines.   Qua re cognita, ad mare properant Argivi, opem suis laturi.   Tum castra castris Lacedaemoniorum, haud magno spatio in medio relicto, opposuerunt. Ibi pugnam ex aperto non verebantur, sed ne dolo caperentur; Pythia enim oraculum ediderat his verbis :

> Verum, quando marem praevertet femina victrix,
> Inter et Argivos referet praelustris honorem ;
> Tunc Argivarum reddet plerasque gementes ;
> Occidet et telis sinuoso corpore serpens.

211.—Proinde consilium ceperunt utendi hostium praecone : idque ita exsecuti sunt, ut, quoties Spartanus praeco signum aliquod dedisset, Argivi etiam id ipsum facerent. Quos ubi Cleomenes cognovit idem exsequi, quod ipsius praeco significasset; imperat suis, ut, quando prandii signum edidisset praeco, tunc arma caperent, et Argivos adorirentur. Quod fecerunt Lacedaemonii. Nam, dum Argivi ex praeconis imperio prandium capiebant, subito illos adorti, magnum numerum interfecerunt, alios multos, qui in Argi lucum confugerant, circumsedentes ibi custodiverunt.

Broken faith.

212.—Deinde hoc fecit Cleomenes. Quum e transfugis quibusdam cognosset, quinam essent ex Argivis qui in sacro luco inclusi essent, misso praecone nominatim vocavit singulos, affirmans, 'se pretium redemptionis illorum accepturum.' Statutum autem apud Peloponnesios est pretium redemptionis, binae minae pro singulis captivis pendendae. Itaque quinquaginta fere Argivorum vocatos interfecit Cleomenes; quod reliquis, qui in luco erant, ignotum erat : quum enim magnus esset lucus, qui intus erant, non videbant quid faceret. Postremo vero unus illorum conscensa arbore vidit quid gereretur; atque exinde non amplius egrediebantur vocati.

Sacrilege.

213.—Tum vero Cleomenes hilotas omnes iussit materiem circa lucum congerere : quo facto lucum incendit. Iamque dum ardebat lucus, ex transfuga quaesivit, 'cui deo sacer lucus esset.' Qui ubi respondit, 'Argi lucum esse;' hoc audito Cleomenes, ingentem edens gemitum, ait : 'O fatidice Apollo, magnopere me decepisti, quum me Argos capturum diceres. Suspicor enim

exisse mihi id vaticinium.' Post haec, maiore exercitus parte
Spartam dimissa, ipse cum mille fortissimis ad Iunonis templum
se contulit, sacra facturus.   Quum autem sacrificare vellet, vetuit
eum sacerdos dicens, nefas esse peregrinum sacra ibi facere.   At
Cleomenes, iussis hilotis abductum ab ara sacerdotem verberare,
ipse sacra fecit ; quo facto Spartam rediit.

Trial and defence of Cleomenes.

214.—Spartae vero inimici eum apud ephoros reum egerunt :
aiebant enim, 'pecunia corruptum Argos non cepisse, quum
capere facillime potuisset.'   At ille respondit, 'postquam lucum
Argo sacrum cepisset, visum sibi exisse vaticinium dei : quare
non tentandam urbem putavisse, priusquam sacris factis cogno-
visset, utrum traditurus sibi eam Deus esset, an impedimento
futurus.   Litanti autem sibi in Iunonis aede, ex simulacri pectore
effulsisse flammam : itaque intellexisse se, Argos capi non posse :
nam, si ex capite simulacri effulsisset flamma, capturum se urbem
fuisse : quum vero e pectore effulsisset, effecta esse omnia quae
Deus fieri voluisset.'   Itaque criminis absolutus est.

Madness and suicide of Cleomenes.

215.—Postea furor eum invasit : nam quoties Spartanus obviam ei veniret, huic sceptrum in faciem infligebat.   Quae quum
faceret, et alienata mente esset, vinxerunt eum propinqui, et ligno
alligaverunt.   At ille, ita vinctus, ubi vidit unum custodem,
egressis ceteris, solum relictum, cultrum postulavit : quem quum
ei statim dare nollet custos, minatus est homini quae deinde illi
facturus esset ; donec minis territus cultrum dedit.   Tum vero,
sumpto ferro, Cleomenes, initio a cruribus facto, misere se ipse
laceravit.   Postremo, ubi ad ventrem perventum est, hunc etiam
dissecuit, donec animam efflavit.

216.—Argivi aiebant 'hoc eum fecisse, quoniam Argivos, qui e pugna in lucum Argi se recepissent, inde abductos trucidasset, ipsumque spreta relligione lucum incendisset.' At Spartani arbitrantur, 'non in furorem actum fuisse Cleomenem a deo quoquam, sed contraxisse morem bibendi merum, eaque de caussa in furorem incidisse.' Haec apud Spartanos de Cleomene fama est.

XIX.—A DIFFICULTY

Which is the eldest?

217.—Uxor Aristodemi, regis Spartanorum, peperit gemellos. Aristodemus autem brevi tempore mortuus est. Tum Lacedaemonii decreverunt regem nominandum eum ex filiis qui maior esset natu. Quum vero nescirent, utrum ex illis eligerent, qui similes inter se et aequales erant, matrem interrogarunt. At illa dixit, 'ne se quidem ipsam internoscere.' Itaque Lacedaemonii, quum incerti essent, legatos Delphos miserunt, ut consulerent quid fieri deberet. Pythia autem imperavit, ut 'puerum utrumque regem haberent, sed magis honorarent natu maiorem.'

Another judgment of Solomon.

218.—Quo accepto responso, quum nihilominus incerti essent, quo pacto reperirent, uter maior natu esset, consilium dedit vir cui nomen Panitae erat. Is vero suasit Lacedaemoniis, 'ut observarent matrem, viderentque utrum puerorum lavaret priorem, priorique cibum praeberet.' Narrant illos, observantes matrem deprehendisse eam semper et in cibo praebendo et in lavando alterum ex pueris praeferentem. Credidisse igitur Lacedaemonios

hunc, a matre alteri praelatum, natu esse maiorem. Et hos ipsos
fratres per omne vitae tempus discordes inter se fuisse narrant.

XX.—THE THIRD INVASION OF GREECE.

The cutting of the canal across Mount Athos.

219.—Xerxes iterum in Graeciam expeditionem facere constituit. Itaque magno exercitu in Asia conscripto, ad Hellespontum manebat donec omnia parata essent ut in Graeciam iter
facere sine periculo posset. Ac primum quidem, quoniam ii, qui
circa Athon sunt circumvecti, calamitatem saepe acceperant,
fossam fieri iussit trans isthmum, qui ad imum montem situs est.
Videtur autem mihi magnificentiae caussa fodi hanc fossam
iussisse Xerxes, cupiens et potestatem suam ostentare, et monu-
mentum relinquere sui.

The cables for the bridge, and the commissariat.

220.—Haec dum ita facienda curat, simul etiam parari funes iungendis in Hellesponto pontibus iussit, partim ex papyro, partim ex
lino: quam curam Phoenicibus et Aegyptiis mandavit. Deinde ne
fame periret aut exercitus aut iumenta in Graeciam ducenda,
comportari commeatus iussit; et optima sciscitatus loca, ubicunque locum maxime idoneum reperit, ibi iussit deponi, dato
mandato ut undique ex Asia onerariis navibus alii alio deveherent.

The bridges destroyed by a storm.

221.—Interim ii quibus negotium datum erat ut Hellespontum
ponte iungerent ex Asia in Europam pertinente, confecerant opus.
Duos autem pontes struxerunt; alterum Phoenices, rudentibus
ex lino confectis; alterum Aegyptii, ex papyro. Sunt autem
septem stadia ex Abydo ad oram oppositam. At iunctis ponti-

bus, ingens procella coorta est, quae rescidit omnia atque dissolvit.

The scourging of the waves.

222.—Quod ubi Xerxes cognovit, gravissime ferens, trecenta
verbera flagellis infligi iussit Hellesponto, et compedes in pelagus
proiici : narrant etiam, praeter haec eum homines misisse, qui
stigmata inurerent Hellesponto.   Imperavit certe, ut flagellis
caedentes barbara haec et insana pronuntiarent verba : ' O amara
aqua, dominus tibi hanc poenam infligit, quod illum iniuria
affecisti, nihil mali ab ipso passa.   Et traiiciet te rex, sive volu-
eris, sive nolueris.   Merito autem nemo hominum tibi sacra facit,
nam es dolosum salsumque flumen.'   Simul vero et mari has
poenas infligi iussit, simulque capita amputari eorum, qui ponti
fuerant praefecti.

The new bridges.

223.—Pontes autem deinde iunxerunt alii architecti, et hoc quidem modo iunxerunt.   Collectas naves numero ad sexcentas septuaginta quatuor statuerunt.   Inter has tribus in locis transitum
reliquerunt, ut in Pontum intrare possent mercatores, et inde
reverti.   Tignis deinde per naves dispositis ingesserunt sar-
menta, et sarmentis terram : denique utrumque latus pontis
septo munierunt, ne iumenta et equi conspecto mari conster-
narentur.

An eclipse of the sun.

224.—Postquam Xerxi renuntiatum est pontem et fossam par
ata esse, statim proficisci constituit.   Iamque in eo erat ut iter
ingrederetur, quum sol sua sede relicta evanuit ; nullis nubibus
obductum caelum, sed quam maxime serenum erat, et medio die
nox exstitit.   Quod ubi conspexerat Xerxes, curae ei haec res
fuit, quaesivitque ex Magis quid significaret id prodigium.   Re-

sponderunt Magi, 'Deum Graecis significare urbium excidium : solem enim Graecis futura significare, Persis autem lunam.' Quibus auditis gavisus Xerxes, educere copias incepit.

Xerxes complies with a request.

225.—Tum Pythius quidam, prodigium veritus, oravit Xerxem ut unum e quinque filiis, qui in exercitu essent, sibi relinqueret. Cui vehementer iratus respondit rex : 'O homo nequam ! quum ego filios meos et fratres mecum ducam, tu ausus es tui filii facere mentionem ! Equidem filium tuum tibi dabo !' Hoc dato responso, imperavit ut maximus natu e filiis Pythii discinderetur medius, discissique corporis dimidium ad dextram viae, dimidium ad sinistram disponeretur, utque illa via transiret exercitus.

The review of the forces.

226.—Abydi vero Xerxes universum exercitum oculis lustrare voluit. Et de industria ibi in tumulo praeparata ei erat sedes sublimis ex candido marmore facta : quam Abydeni regis mandato prius fecerant. Ibi igitur sedens, contemplatus est et pedestrem exercitum et naves : quas dum contemplatur, invasit eum cupido certaminis navalis spectandi. Quod ubi ei editum est spectaculum, in quo vicere Phoenices, gavisus est et certamine et exercitu. Conspiciens autem Hellespontum navibus suis coopertum, et oram omnem hominibus repletam, beatum se Xerxes esse dixit : haud vero multo post lacrimas fudit ; dicebat enim, 'reputare se quam brevis esset hominis vita ; quum eorum, tot numero hominum, nullus in centesimum annum superfuturus esset.'

The crossing of the Hellespont.

227.—Et illo quidem die parabant transitum : postridie vero solem exspectabant, cupientes orientem videre, et odores omni genere in pontibus urentes, et myrtis viam sternentes. Oriente sole, ex aurea phiala vinum Xerxes fudit in mare, et ad solem conversus precatus est, 'ne quis sibi accideret casus, qui ipsum cogeret a subigenda Europa desistere, prius quam ad extremos terminos pervenisset.' Peractis precibus, phialam in Hellespontum proiecit, simulque aureum craterem, et Persicum gladium, quem acinacem vocant. Illud autem certo dicere non possum, utrum in solis honorem illa in mare proiecerit, an mari obtulerit, poenitentia adductus, quod Hellespontum flagellis caedi iusserat. His rebus peractis Hellespontum copiae traiecerunt.

The order of the march.

228.—Per alterum quidem e pontibus, pedester transibat exercitus et equitatus omnis : per alterum vero, iumenta cum impedimentis, et famulorum turba. Praecedebant decem millia Persarum, coronati omnes : quos sequebatur mixtus ex variis populis exercitus. Hi primo die. Postridie, primum equites, et illi qui lanceas ad terram conversas gestabant : etiam hi coronati : deinde equi sacri, et sacer currus : tum ipse Xerxes. Deinde reliquus exercitus. Narrant autem nonnulli auctores, postremum omnium transiisse regem.

A miraculous birth.

229.—Transvectis omnibus, et iter ulterius ingredientibus, ingens oblatum est prodigium, cuius rationem nullam Xerxes habuit, quamvis facilis fuisset eius interpretatio : equa enim leporem peperit. Facile autem illud erat in hunc modum interpretari ; 'Xerxem ingenti quidem fastu et magnificentia exercitum suum ducturum esse in Graeciam, sed cum propriae vitae periculo eundem in locum rediturum.'

A new way of counting.

230.—Quum ad Dorisci planitiem pervenisset exercitus, Xerxi placuit reperire quot sibi essent milites. Quemnam militum

numerum populus quisque contulerit, accurate dicere nescio: neque
enim ab ullo homine hoc memoratur. Numerus autem repertus
est hoc modo. In unum locum congregarunt decem hominum
millia, hisque (quam artissime fieri potuit) constipatis, circulum
extrorsus circumduxerunt: deinde, dimissis his decem millibus,
murum in circulo aedificarunt ea altitudine, ut umbilicum tan-
geret hominis. Quo facto, alios intra murum introire iusserunt,
donec omnium numerum hoc modo reperissent.

The Immortals.

231.—Selectis decem millibus Persarum praefuit Hydarnes.
Vocabantur autem hi Persae Immortales, hac de caussa: quando
ex illorum numero aliquis defecit aut morte aut morbo coactus,
alius in eius locum vir deligebatur, ut semper essent decem millia,
nec plures nec pauciores. Praecipuo autem inter omnes cultu
eminebant, et fortissimi erant. His, seorsim a ceteris militibus,
cameli et iumenta commeatus vehebant.

A regiment armed with the lasso.

232.—Erant porro homines nomades, Sagartii nominati. Hi
armis non utuntur, pugionibus exceptis. Utuntur vero funibus:
quibus confisi in bellum proficiscuntur. Est autem pugnae genus
horum hominum huius modi: quando cum hostibus congrediuntur,
proiiciunt funes, quorum in fine sunt laquei. Quidquid prehendit
funis, sive equus sit, sive homo, id ad se trahit eques: et ille
laqueo implicatus interficitur.

The prediction of Apollo.

233.—Tum Xerxes in Graeciam profectus est. Quum audivis-
sent Athenienses appropinquare Persas, legatos miserunt Delphos
ad oraculum consulendum. His responsum est: 'Divinam Salamina multis exitio futuram: sed murum ligneum saluti fore.'

Quo audito responso, alii rebantur opus esse ligneo muro in arce, alii naves parandas esse arbitrabantur. Erat autem inter primores Themistocles, vir praeclarus. Is magnopere suadebat ut ad pugnam navalem sese compararent. Quae sententia vicit: itaque classis parata est.

War Councils of the Greeks.

234.—Tum vero Graeci deliberarunt qua ratione bellum administrarent. Vicit sententia, ut Thermopylarum fauces custodirentur: callem autem (per quem postea intercepti sunt Graeci ad Thermopylas), ne esse quidem noverant. Classem vero ad Artemisium promontorium mitti placuit. Fauces autem, ubi angustissimae sunt, non ultra quinquaginta pedes patent. Ab altero latere mons est praealtus, ab altero mare et paludes. Sunt autem in his faucibus aquae calidae, supra quas ara erecta est Herculi. Murus autem erat in faucibus, quem Graeci restituere constituerunt. Haec igitur loca idonea videbantur, itaque, quia putabant barbaros ibi nec magnis copiis hominum uti posse, nec equitatu, excipere ibidem impetum hostium statuerunt. Quumque certiores facti essent Persas in Thessalia esse, pedibus alii profecti sunt ad Thermopylas, alii mari ad Artemisium.

Apollo advises an offering to the winds.

235.—Dum ita Graeci, bifariam divisi, occurrere hosti maturant: interim Delphenses deum consuluerunt. Redditum est responsum, 'precibus votisque placandos esse ventos: hos enim magno Graeciae auxilio fore.' Deinde Delphenses ventis aram dedicarunt, sacrificiisque illos placarunt. Atque etiam nunc ex oraculi mandato ventos placant Delphenses.

The flying squadron of the Greeks.

236.—Erant in statione ad barbarorum motus servandos tres speculatoriae naves Graecorum, Troezoenia, Aeginensis, et Attica.

Visa Persarum classe, hae sese fugae mandarunt. Et Troezeniam quidem navem capiunt barbari. Quo facto unum ex nautis in proram navis ductum mactant, faustum omen sibi esse rati. Erat autem mactato huic nomen Leo. Aeginensis vero navis metum quendam incussit barbaris. Pugnabat enim in ea Pytheas quidam, qui fortissimum virum illo die se praestitit: is, capta navi sua, fortiter pugnans restitit, donec totus veluti in frusta erat concisus. Quem Persae, quum cadens non esset mortuus, sed spiraret adhuc, propter virtutem in vita servare statim conantes, vulnera viri curaverunt : eundemque, ad castra sua reversi, universo exercitui summa cum admiratione ostenderunt, et benigne eo usi sunt. Ita igitur duae ex illis navibus captae sunt: tertia vero triremis ad terram impacta est: et hac navi potiti sunt barbari; sed viri effugerunt, nam egressi in terram Athenas redierunt.

A white squall and its results.

237.—Postero die, ubi illuxit, quum serenum caelum fuisset, subito effervescente mari ingens coorta est procella. Hac calamitate barbarorum naves aiunt periisse non minus quadringentas. Tres enim continuos dies tempestas furebat : quarto die desiit. Qua clade cognita, valde gavisi sunt Graeci ; vota et vinum Neptuno Servatori obtulerunt.

The Greeks make a stand at Thermopylae.

238.—Dum haec geruntur, Graeci Persas exspectabant ad Thermopylas. Erant Spartani trecenti, et socii ad quadringentos. His praeerat Leonidas rex Spartanorum. Interim Xerxes speculatorem misit, qui et numerum eorum, et quid facerent, exploraret. Ubi ad murum accessit, nonnullos e Graecis vidit: quorum alii gymnasticis exercitationibus se delectabant, alii comam pectebant. Reversus, Xerxi cuncta quae viderat renuntiavit.

239.—Quibus auditis, Xerxes ad se Demaratum, transfugam ex Spartanis, vocavit, cognoscere ex eo cupiens quid esset quod facerent Spartani. Cui Demaratus, 'Adsunt hi viri,' inquit, 'nobiscum pugnaturi ut impediant quominus intremus, et ad hoc se comparant. Hic enim apud illos mos est: quando periculum adituri sunt, tunc capita comunt. Si hosce, et eos qui Spartae manent, subegeris: nullus alius hominum populus est, qui adversus te, Rex, manus tollere audeat. Nunc enim cum regno et populo inter Graecos praeclarissimo tibi pugnandum est et cum viris fortissimis.'

Xerxes attempts to carry the pass.

240.—Haec locutus Demaratus Xerxi non persuasit. Itaque quatuor rex intermisit dies, sperans Graecos fuga se recepturos. Quinto vero die iratus Medos adversus illos misit, dato mandato, ut vivos caperent et in conspectum suum adducerent. Ut vero in Graecos impetum fecere, multi ex iis ceciderunt: quibus alii successere: his eadem clades fuit: et manifestum erat cuilibet, maxime vero regi ipsi, multos quidem homines esse, sed paucos viros. His Persae successere quos Immortales rex vocabat. Qui consertis manibus eandem habuere sortem; nam in angustiis pugnabant ubi explicari multitudo non poterat, et hastis brevioribus quam Graecorum utebantur.

Repulse of the invaders.

241.—Postquam vero nullo modo vincere Persae potuerunt, postremo hi quoque retrogressi sunt. Spartani vero praeclari facti sunt ea pugna: nam et aliis rebus ostenderunt peritos sese pugnae, et fugientes, subitoque in persequentem hostem conversi, impetum fecere. Ita innumerabilis Persarum multitudo interfecta est. Dum haec geruntur, narrant Xerxem, quum spectandi

caussa haud procul abesset, ter de solio suo exsiluisse, metu-
entem scilicet exercitui suo. Per tres dies continuos acerrime
pugnatum est; idem pugnae eventus erat.

Treachery.

242.—Ibi tum regem adit Ephialtes quidam transfuga, ingens
ab illo praemium se relaturum sperans, indicavitque ei semitam per
montes ad Thermopylas ferentem. Xerxes vehementer gavisus,
sub noctem copias misit, quae Graecos circumvenirent. Graecis
vero, qui ad Thermopylas erant, vates, inspectis victimis, prae-
dixerat mortem prima luce iis instantem: tum nuntii dicunt,
Persas circum montem semita illa venisse.

The devotion of the Spartans.

243.—Dicunt autem his nuntiatis Leonidam socios dimisisse, dicentem, 'se et Spartanos non decere stationem deserere, ad quam
custodiendam missi essent.' Et ego quoque in hac sum sententia,
Leonidam, quum minime promptos esse socios vidisset, abire illos
iussisse; sibi autem, ut abiret, inhonestum iudicasse. Contra,
si restaret, ingens eum gloria manebat, et Spartae fortuna non
exstinguebatur. Etenim Spartanis, oraculum in primo huius
belli initio consulentibus, responderat Pythia, 'aut eversum iri
Spartam a barbaris, aut ipsorum regem periturum.'

The end of Leonidas.

244.—Tum Xerxes circumsessos undique Spartanos adortus est.
Manipulorum duces, flagellis a tergo instantes, et unumquemque
caedentes, suos concitabant. Itaque multi in mare delapsi perierunt, multi, alii ab aliis, vivi conculcati sunt: nec ulla ratio
habebatur pereuntium. Hastae Graecorum iam tunc plerisque
fractae erant, et gladiis Persas conficiebant. Ibi Leonidas for-

tissime pugnans interficitur; cuius super cadavere acre fuit certamen.   Ita pugnatum est, donec advenere qui cum Ephialte erant.   Tum gladiis sese defendentes, quibus gladii supererant, alii manibus dentibusque depugnantes, ad unum omnes interfecti sunt.

The bravest of the brave.

245.—Tales quum se praestiterint Spartani, fortissimus tamen ex his fuisse dicitur Dieneces : quem aiunt, priusquam cum Medis congrederentur, verbum bonum dixisse, quum Trachinium quendam audivisset dicentem, 'quando barbari tela emiserint, multitudine telorum solem obscuratum iri : tantam enim esse hostium multitudinem.'   Hunc igitur, nil perterritum, sed spernentem Medorum multitudinem, respondisse aiunt, 'fausta omina nuntiare Trachinium ; quandoquidem, sole telis obscurato, in umbra pugnaturi sint.'   Haec et eiusdem generis alia dicta, Dienecem fortis animi monumenta reliquisse aiunt.

A bird in the hand worth two in the bush.

246.—Interim barbarorum naves Aphetas se contulerant; classis autem Graeca ad Artemisium erat.   Duces Graeci de capessenda fuga deliberare coeperunt, metu perculsi.   Quod ab illis agitari consilium ubi cognovere Euboeenses, Atheniensium duci persuaserunt Themistocli, proposita talentum triginta mercede, ea conditione, ut ibi manerent, et pugna decernerent.   Et Themistocles, ut ibi manerent Graeci, hoc modo effecit.   Eurybiadi, qui classi praeerat, quinque talentis oblatis, persuasit.   Deinde, quum e reliquis solus Adimantus, Corinthiorum dux, obniteretur, hunc allocutus est: 'Non tu quidem nos deseres: tibi enim ego maiora munera dabo, quam missurus tibi esset rex, si socios desereres.'   His dictis, quum in navem Adimanti tria misisset talenta, omnibus persuasit ut ibi manerent: ipse autem reliqua sibi retinuit.

Scyllias the diver.

247.—Tum vero barbari circa Euboeam partem navium miserunt, ut Graecos circumvenirent.   Erat autem in barbarorum classe Scyllias quidam, omnium optimus urinator, qui iam pridem consilium inierat ad Graecos transfugiendi, nec vero ante hunc diem occasionem consilii exsequendi nactus erat.   Is igitur quo modo nunc Aphetis ad Graecos pervenerit, dicere non possum. Narrant hunc hominem, postquam Aphetis mare subiisset, non prius emersisse quam ad Artemisium pervenisset, viam hanc octoginta stadiorum per mare emensum.   Ubi eo pervenit, missas esse circa Euboeam naves indicavit.

The battle of Artemisium.

248.—Mox Graeci, quorum classis ad Artemisium erat, dato signo in barbaros impetum fecere.   Diu utrinque eximia vii ute pugnatum est.   Tandem ancipiti Marte pugnantes ingruens nox diremit: Graeci quidem ad Artemisium reversi sunt: barbari vero Aphetas.   Mox coorta tempestate magnum numerum navium barbari amiserunt.   At, quibus mandatum erat ut circum Euboeam navigarent, his eadem nox fuit multo atrocior.   Et tristis illis finis fuit; vento enim abreptae naves in saxa illisae sunt.   Adeo omnia effecit Deus, ut Persarum copiae aequales fierent copiis Graecorum.

The contest renewed.

249.—Postridie eius diei Graecis venere tres et quinquaginta Atticae naves: quarum et adventus vires illorum animosque confirmavit, et allatus simul nuntius, 'Barbaros Euboeam circumnavigantes maxima coorta tempestate cunctos periisse.'   Itaque eadem diei hora qua pridie, sublatis ancoris, in Persarum naves impetum fecerunt: quarum permultis corruptis, ingruente nocte ad

Artemisium reversi sunt.   Accidit autem, ut eisdem diebus et na-
vales hae pugnae, et pedestris ad Thermopylas committerentur.

The third day—retreat of the Greeks.

250.—Tertio vero die, barbarorum duces aegerrime ferentes,
tam paucas naves adeo contumeliosa sibi damna inferre, veritique
Xerxis iram, non amplius exspectarunt dum Graeci pugnae
initium facerent: sed inter se cohortati in hostes impetum
faciunt.   Et in hac quidem navali pugna pares fere utrinque
fuere.   Dum haec geruntur, Graeci certiores facti sunt Leonidam
cum exercitu periisse: itaque visum est Athenas reverti.   Quum
advesperasceret, summa celeritate usi, profecti sunt.

The Persians march on Delphi.

251.—Tum vero barbari Athenas contendere incipiunt; quorum
alii ad Delphicam aedem adiere.   Eius rei nuntius gravissimum
Delphensibus horrorem iniecit: quo metu perculsi, oraculum de
sacris pecuniis rebusque pretiosis consuluerunt, utrum in terras
defoderent, an in aliam regionem asportarent.   At vetuit Deus
loco illas movere, dicens, ' se ipsum ad sua tutanda sufficere.'
Quo audito responso, iam sibi ipsis Delphenses consuluerunt,
maiorque pars eorum in fugam se converterunt.

Apollo defends his sanctuary.

252.—Ut vero appropinquarunt barbari ; ibi tunc propheta, cui
nomen erat Acerato, sacra arma vidit ante aedem proposita,
ex penetralibus prolata, quae nulli hominum fas erat tangere.
Quod prodigium Delphensibus, qui in urbe aderant, nuntiatum
abiit.   Mox accedentibus Persis, de caelo fulmina deciderunt,
et de Parnasso monte abrupta duo cacumina ingenti cum fragore
in eosdem cecidere, multosque oppresserunt, et ex aede clamor
et ululatus exauditus est.   Quibus rebus horror barbaris est

incussus: quos ubi fugam capessere Delphenses intellexerunt, descendentes de monte magnam stragem edidere.   Memorant etiam duos armatos, maiores quam homines Persis institisse, et caedem fecisse.

Athens is abandoned.

253.—Quum Athenas rediissent naves, edictum est, 'quo quisque loco posset, eo liberos et familiam locaret in tuto.'   Itaque properabant omnes mandatum exsequi.   Dicunt Athenienses ingentem serpentem, arcis custodem versari in aede: nec vero id perhibent solum, sed etiam, tanquam re vera ibi versanti, menstrua sacra faciunt: est autem menstruum sacrificium, placenta melle condita.   Haec placenta, quum superioribus temporibus semper consumpta fuisset, tunc intacta erat.   Quod ubi significavit antistes, tanto magis urbem reliquerunt, quod dea etiam arcem deseruerat.   Classis autem ad insulam Salamina manebat.

Xerxes occupies Athens.

254.—Interim advenit Xerxes cum exercitu, et vacuam deprehendit urbem.   Erant autem Athenienses nonnulli qui in arcem se contulerant, et aditus vallis ligneis muniverant, arbitrati se sententiam oraculi reperisse, 'ligneum murum insuperabilem fore.'   Diu vero hi Persis restabant.   Tandem in arcem irrupere Persae omnesque, qui ibi erant, interfecerunt, aedemque spoliaverunt.   Tum Xerxes, Athenis penitus potitus, equitem Susa misit qui rem bene gestam nuntiaret.

The restoration of Athens foretold.

255.—Postridie Xerxes, convocatis Atheniensibus exsulibus, mandavit, ut in arcem ascenderent, suoque ritu ibi sacra facerent.   Cur autem huius rei fecerim mentionem, dicam.   Est in arce aedes, in qua inest olea, Minervae sacra.   Haec igitur olea cum

reliqua aede a barbaris cremata erat : altero vero ab in-
cendio die, ut in aedem ascenderunt exsules sacra facere iussi,
surculum viderunt e stipite enatum, cubiti fere longitudinem ;
unde apparebat, Athenas iterum potentes fore.

Deliberations of the Grecian admirals.

256.—Interim Graecorum duces ad Salamina concilium convo-
carunt. Multi autem censebant ad Isthmum esse pugnandum, non
ad Salamina. Ibi tum Themistocles vehementer flagitabat, ut
in eodem loco pugnarent. Quem Corinthius dux Adimantus ita
allocutus est : 'Themistocles, in certaminibus qui ante tempus
surgunt, flagris caeduntur.' Et ille ait : ' At, qui pone manent, non
coronantur.' Bifariam divisae erant ducum sententiae: Eury-
biades et Adimantus aiebant, 'ad Isthmum debere se pugnare.'
Themistocles contra 'ibi manendum, et cum barbaris decer-
tandum.'

Themistocles makes a battle inevitable.

257.—Ibi tunc Themistocles, clam concilio egressus, hominem
misit in castra Persarum, edoctum quid dicere oporteret. Quo ubi
pervenit, apud duces barbarorum haec verba fecit : ' Misit me
dux Atheniensium clam reliquis Graecis : favet enim regis
partibus : misit me autem qui vobis nuntiarem, fugam meditari
exterritos Graecos. Nec inter se concordes sunt, nec amplius
vobis resistent. Proinde eos aggredere, neve in fugam se recipere
passus sis.' Quibus dictis statim discessit, Xerxes autem signum
pugnae dedit.

The battle of Salamis.

258.—Itaque Graecas naves tanto impetu aggressi sunt barbari,
ut ceteri Graeci omnes in puppim remigarent, et terrae admover-
ent naves. Unus Aminias Atheniensis, longius evectus, navem

hostilem rostro petiit. Quae navis quum alteri implicata haereret, nec inde abripi posset, tum demum ceteri, auxilio subeuntes Aminiae, pugnam commiserunt. Narrant apparuisse Graecis mulieris speciem, quae illos, ita ut universus exaudiret exercitus, ad fortiter pugnandum hortata sit; eamque prius increpuisse eos his verbis: 'Miseri, quousque in puppim remigabitis?' Diu pugnatum est. Maior vero pars hostilium navium in hac pugna periit.

The retreat of Xerxes.

259.—Xerxes vero, ubi acceptam vidit cladem, veritus ne quis Ionum consilium caperet pontes solvendi, fugam meditabatur. Itaque naves ad Hellespontum misit, quae pontes custodirent, ut in Asiam tutus redire posset. Inde, Mardonio cum exercitu magno in Thessalia relicto, ipse ad Hellespontum contendit. Multi ex exercitu, dum iter faciebant, morbo aut fame interempti sunt. Constat tamen domum tandem reversum esse Xerxem. Anno insequenti Mardonius a Graecis ad Plataeam devictus est. Tres igitur expeditiones barbarorum in Graeciam missae, magno cum detrimento repulsae sunt, et Graeci liberi evaserunt.

Artemisia, Queen of Caria.

260.—Iam, quod ad alios attinet, quo pacto singuli barbarorum aut Graecorum pugnaverint, dicere non possum; sed ad Artemisiam quod spectat haec gesta sunt. Postquam regia classis in fugam se recipere inceperat; per id tempus Artemisiae navem insequebatur navis Attica. Et illa, quum effugere non posset; quoniam ante eam multae aliae barbarorum naves erant, ipsius autem navis hostibus esset proxima, hoc consilium cepit. Quum enim instaret illi Attica navis, ipsa navem aliquam barbarorum impetu facto fregit. Tum Atticae navis nautae, ubi illam viderunt in navem hominum barbarorum facere impetum, rati Artemisiae navem esse Graecam, aut a barbaris ad Graecos trans-

fugere et ipsis auxilio esse, alias barbarorum naves petierunt.
Itaque hoc primum illa commodum habuit, ut salva evaserit:
eidem etiam contigit ut, quum damno affecisset regem, ob id
ipsum factum maxime ab eodem laudaretur.   Aiunt enim, quum
pugnam Xerxes spectaret, conspexisse eum hanc navem in alteram
impingentem : et quum aliquis ei dixisset, ' Vides, O rex, quam
fortiter Artemisia pugnet !' quaesisse illum, ' Verene sit hoc Artemisiae factum ? ' cui illos respondisse, ' Se bene navem eius
nosse.'   Itaque Xerxes hoc dixisse fertur : ' Viri mihi facti sunt
mulieres ; mulieres vero, viri.'

Loyalty to the death.

261.—Narrant navem, quam Xerxes conscenderat, magnam
procellam adortam esse.   Ibi tunc, quum magis magisque fureret
ventus et nimis magnum onus in nave esset, nam magnus numerus
Persarum in ponte stabat, metu perculsus rex quaesivit e nautis,
num salutis spes esset : cui nautae responderunt, ' Non alia spes
est, o rex, nisi de numero multorum hominum pars in mare in-
siliat.'   Quibus auditis nonnulli e Persis regem adoraverunt, et
in mare se proiecere.   Itaque navis onere liberata, salva in
Asiam pervenit.

The rebuilding of the walls of Athens.

262.—Quum domum profectus esset Xerxes, moenia iterum
urbi Athenienses circumdare inceperunt.   Hoc aegre ferebant
Lacedaemonii, quos dolo huius modi Themistocles decepit.   Spartam legatus adivit, quumque eo pervenisset, aedificari moenia
negavit. ' Quod si,' inquit, ' mihi credere nonvultis, delectos
viros mittite, qui haec inspiciant, meque interim hic custodite.'
Hoc fecerunt Lacedaemonii.   Themistocles interim nuntium
Athenas clam misit, suasitque ut legati Lacedaemonii, quocunque
modo possent, Athenis custodirentur, donec moenia aedificata

essent, ipsumque recepissent. His dictis Athenienses paruerunt.
Itaque Themistocle recepto, legatisque restitutis, Athenae invitis
Lacedaemoniis iterum munitae sunt.

The courage of despair is to be feared.

263.—Graeci, post pugnam ad Salamina, ad Hellespontum
contendere, et pontes solvere, ne effugerent Persae, constituerunt.
Themistocles autem dixit, regem ita interceptum, iterum pugna-
turum ; et horrorem interdum efficere quod virtus non posset.
Interim nuntium ad regem misit, qui eum certiorem faceret,
pontes, nisi ocius aufugeret, solutum iri. Xerxes igitur fugere
maturavit, et victoria penes Athenienses stetit.

XXI.—ANECDOTES.

Diligence rewarded.

264.—Antisthenes philosophus iuvenes monebat ut verbis
suis studerent, sed paucissimi ex iis monito parebant. Tandem
iratus omnes e conspectu abire iussit. Diogenes tamen philosophi verba audiendi magno studio captus, ad eum saepius
veniebat, neque abire volebat. Itaque Antisthenes minatus est
se caput eius pulsaturum ; quumque vidisset, Diogenem minis
non exterreri, hoc fecit.

Anaxagoras and Pericles.

265.—Anaxagoras philosophus illustris erat, non modo prae
opibus et genere, sed etiam ob animum sapientem. Ut sese
studiis omnino dederet, amicis opes suas tradidit, et Athenas
adiit. Quo ubi pervenit, apud eum veniebat Pericles, vir praestanti indole et virtute praeditus, pauperibus idem liberalissimus.
Accidit tamen ut, rebus publicis magnopere studens, Pericles
Anaxagorae oblivisci videretur. Quod aegerrime ferens senex,

veste obducto capite, fame perire constituit. Quibus auditis
Pericles, ad Anaxagoram se contulit, eumque oravit ut viveret, et
sapientem animum servaret, lucemque illam, quae sibi tantum boni
praebuisset. Cui Anaxagoras, 'Pericles,' inquit, 'ii, quibus opus
est lucerna, oleum praebent.' Itaque ex eo tempore, Pericles
magno studio Anaxagoram semper coluit.

A good son.

266.—Rex olim, quum servum vocare vellet, et signo saepius
dato neminem adesse sensisset, egressus est, ut certior fieret qua
de caussa servus non adesset. Quem quidem invenit dormien-
tem, et, quum vocaturus esset, literas vidit e sinu vestis lapsas,
quas ille nuper perlegerat. Rex vero omnia sciendi cupidus
literas legere incepit, quum tamen a matre eius scriptas intellex-
isset, quae gratias ageret quod pecuniam misisset, iuberetque tali
domino fidelem esse, ea motus virtute literas cum multo auro in
sinum reposuit. Postquam clam egressus in aedes suas rediit,
signo dato servum expergefecit. Qui ut exterritus astabat, rex
subito, 'cur non antea advenisset,' quasi iratus rogavit. At ille
inter legendas literas dormisse se dixit. Tum manu ad vestem
admota non literas modo sed aurum quoque invenit. Quod ubi
metu perculsus conspiciebat, rex, 'bono esse animo,' iubebat,
'fortunam enim bonam saepe dormientibus contingere : auferret
ergo pecuniam, et matri donaret, regemque diceret illam valde
laudare, quod talem filium peperisset.'

Sayings of Socrates.

267.—Socrates, omnium philosophorum celeberrimus dicere
solebat, nil deberi a dis quaeri, qui, quod visum esset, id hominibus daturi forent. Interroganti cuidam utrum uxorem duceret
annon, respondit, ' Utriuslibet facti te poenitebit.' Ab Atheniensibus capitis damnatus, venenatum poculum aequo animo, vultu-
que immoto, accepit. Quum poculum iam in manibus esset,

uxorque dolens diceret, 'liberum illum omni scelere mori;'
Quid,' dixit, 'an vis me reum mori?'

Berenice's hair.

268.—Quum Ptolemaeus Euergetes in Syriam expeditionem
pararet, uxor eius Berenice, quae eum valde amabat, periculum
verita, cui obviam iturus erat, se capillos suos Dis oblaturam
pollicita est, si domum incolumis rediret.   Rex autem salvus,
devictis hostibus, domum rediit.   Tum vero Berenice abscissos
capillos dis obtulit.   Qui quum negligentibus sacerdotibus in-
veniri non potuissent, iratus rex mortem iis minatus est.   Itaque
Conon quidam, ut iram regis placaret, capillos in caelum a dis
ablatos esse et signum factum esse edixit.

True wisdom.

269.—Olim quum Iones quidam retis unum iactum de nautis
nonnullis emissent, extracto in litus reti, tripus aureus apparuit.
Tum dicentibus nautis se modo pisces qui caperentur vendidisse,
Ionibus contra affirmantibus, omnia quae in reti capta essent,
esse sua, de tripode rixa coorta est.   Itaque ut controversiam
dirimerent, oraculum Delphos consultum miserunt.   Edixit Pythia
ut homini Graecorum sapientissimo daretur tripus.   Datus est
Thali, qui Bianti tradidit; denique ad Solonem pervenit, qui
Deos solos sapientes esse ratus, ad Apollinis aedem mitti deberi
censuit.

The cruelty of Cambyses.

270.—Cambyses Persarum rex merum extra modum bibebat.
Praexaspes, unus ex amicis, eum olim admonuit ut bibere desi-
neret, regem ebrium esse inhonestum affirmans.   Respondit
Cambyses, 'Equidem tibi monstrabo statim, meam manum post
bibendum munus suum praestare posse.'   Tum, quum multum

vini bibisset, filium Praexaspis ante se constitui iussit. Dein
adolescentis pectus telo eminus transfixit, et e patre quaesivit,
num arte manus calleret.

Alexander and Hephaestion.

271.—Alexander, Macedonum rex, cui nomen Magno fuit,
Dario Persarum rege ad Issum devicto, nuntios misit, qui Darii
matrem uxoremque certiores facerent, se apud eas brevi tempore
aditurum. Mox in aedes venit cum amico Hephaestione, qui
regi forma praestabat. Itaque mulieres, Hephaestionem regem
esse ratae, Persarum more ad pedes eius se proiecere. Deinde,
de errore certior facta, mater Darii veniam oravit. Quam rex
benigne allocutus, ' Ne veniam oraveris,' inquit, ' nam hic quoque
est Alexander.'

Scythian ambassadors.

272.—Alexander, Macedonum rex, adversus Scythas expeditionem fecit. Legati Scytharum, quum apud regem pervenissent,
in hunc modum eum allocuti esse dicuntur : ' Si tibi corporis
magnitudinem animo parem di dedissent, non te contineret
mundus universus : altera enim manu orientem solem peteres,
altera occidentem ; neque hoc contentus, ubi sol lucem conderet
scire cuperes. Ab Europa petis Asiam, ab Asia in Europam
contendis. Iam, devicto hominum genere universo, cum silvis,
fluviis, nivibus, bestiis, bellum vis gerere. Quid ? An nescis
magnas arbores interdum unius horae spatio perire ? Stultus est
qui fructu earum potiri velit, antequam altitudinem emensus sit.
Cave, ne, dum in summam arborem ascendere conaris, de ramis
decidas. Leonem interdum comedunt aves. Nihil est tam
forte quin frangi possit. Quid tibi nobiscum est ? Nunquam
in tuas regiones inivimus : neque cuiquam parcere volumus neque
imperare : nihil tibi auferre volumus. Tu autem qui dicis te

venire latrones punitum, es ipse omnium latronum pessimus.
Quid opus tibi est divitiis? quo plus habes, eo plus cupis. Si
deus es, hominibus dare munera, non auferre debes; si autem es
homo, hoc ne oblitus sis. Propinqui tibi sumus: nobis igitur ut
amicis uti oportet. Utrum amicos an hostes habere vis? nunquam enim in servitutem redigentur Scythae.'

Alexander and Clitus.

273.—Clitus unus ex Alexandri amicis erat: idem diu Philippo
patri eius amicissimus fuerat.   Olim quum Alexander capite
nudato cum hoste pugnaret, Clitus Alexandrum clipeo servavit,
et caput hosti abscidit.   Hellenice etiam eius soror, Alexandri
nutrix fuerat: hanc rex magnopere amabat.   Itaque Clitum
semper honorabat Alexander, et provinciae magnae praefecerat.
Eo quum profecturus esset, rex eum epulis lautis excepit. Quum
in epulis discumberent, de rebus a se gestis Alexander dicere
incepit, Philippi virtutis nulla mentione facta.   Illum etiam
maledictis lacerabat, se a patre victoriarum gloria privatum fuisse
affirmans.   Tum Clitus Philippum laudare incepit, ut qui filio
praeclarior fuisset.   Itaque Alexander valde iratus, pectus eius
gladio transfixit.   Quum autem meminisset Clitum nutricis suae
fratrem esse, facti eum poenituit, neque multum abfuit quin se
ipsum interficeret.

The advice of Alcibiades.

274.—Alcibiades adolescens Periclem adiit.   Hunc solum
tristi vultu sedentem invenit. Caussam quaerit adolescens. Tum
Pericles, ' Minervae templi,' inquit, ' propylaea ex mandato
civium perfeci: sed quomodo pecuniae rationem reddam nescio.'
Cui Alcibiades: 'Hoc potius machinare, ne rationem reddere
cogaris.'   Pericles adolescentis monitis paruit: rem enim ita
effecit, ut cives cum propinquis inito bello, rationem poscere
non possent.

G

Conjugal love.

275.—Marcia, Catonis filia, virum mortuum maerens interroganti cuidam, quinam ultimus dies doloris futurus esset, ultimum vitae diem doloris ultimum fore respondit. Valeria quaedam rogata, cur nemini nubere vellet, mortuo Servio viro suo, ‘Mihi quidem,’ inquit, ‘Servius meus semper vivit.’ Phocionis etiam uxor mulieri, quae divitias ostentabat, haec dixit : ‘Gloria mihi praeclarissima est Phocion : pauper quidem, sed viginti annos Atheniensibus praeest.’

The sorrows of mankind.

276.—Solon, quum unum ex amicis olim tristem vidisset, in arcem secum duxit, et aedificia urbis conspicere iussit. Quod quum fecisset, Solon, ‘Reputa,’ inquit, ‘tecum quot dolores sub his tectis sint, quot fuerint, quot denique futuri sint. Ne diutius tibi ipsi propria haec mala iudicaveris, omnibus enim accidunt.’ Idem dicebat, si omnia hominum damna in unum locum congererentur, fore ut quisque potius sua quam aliena ferre vellet.

The death of Epaminondas.

277.—Epaminondas non solum inter Thebanos, sed etiam inter omnes Graecos eius temporis praeclarissimus fuit. Nihil enim boni Thebanis accidit, antequam illo duce usi sunt : mortuo vero Epaminonda, ob damna solum illustres fuerunt. Quam fortiter, quamque lubenter vitam pro patria deposuerit, narrabo. Quum acie instructa ad oppidum aliquod oppugnandum iret, hostes in eum impetu facto, graviter vulnerarunt. Postea, quum in castra reportassent amici, et haud multum abesse quin moreretur sensisset, rogavit num scutum salvum esset. Amici quum salvum esse respondissent, ad se afferri iussit. Tum rogavit num victi

essent hostes.   Accepto responso, devictos esse et in fugam se
recepisse, 'Iam satis est,' inquit, 'invictus enim morior.'   Tum
extrahi telum e vulnere iussit, quo facto statim mortuus est.

True riches.

278.—Demetrius Poliorcetes urbem Megara vi expugnaverat.
Cui Stilpo philosophus, quum quaereret, num quid perdidisset,
hoc respondit : 'Nihil perdidi : res meae omnes mihi supersunt.'
Haec autem dixerat, abrepta pecunia, filiis civibusque in servitutem redactis.   Affirmabat tamen, nihil se perdidisse : veras enim
opes, virtutem scilicet et sapientiam, quas auferre hostes non
possent, sibi superesse.   'Quae mihi eripuerunt milites,' inquit,
'mea nunquam arbitrabor.'

Sophanes the Athenian.

279.—Sophanes olim erat Atheniensis, qui virtutis maximam
inter Graecos laudem abstulit.   Quo de viro alii narrant, gestasse
eum ferream ancoram ad loricae cingulum fune adaptatam ; eam
illum ancoram, quoties propius hostes venisset, in terram impin-
gere solitum esse, ne hostes, impetu in eum facto, a statione
repellere possent : fuga autem hostium facta, recipere ancoram
solitum esse, et ita hostibus iterum instare.   Haec de hoc viro
narrantur.   Alii autem arbitrantur, in eiusdem clipeo pro signo
esse ancoram, non gestasse eum ancoram ferream.

A stern father.

280.—Rhacoci cuidam septem erant filii, quorum natu mini-
mus, nomine Cartomes, fratres in dies lacessebat.   Quem quum
saepius frustra admonuisset pater, iudices, qui ex mandato regis
per Asiam iter faciebant, in eam regionem pervenerunt ubi Rhacoces habitabat.   Adventu iudicum cognito, filium vinctum ante
iudices constituit, postulavitque ut capitis damnaretur.   Hoc

mirati iudices, poenam pronuntiare nolentes, apud Artaxerxem ambos duxerunt. Tum vero Rhacoces, coram rege constitutus, idem postulavit. Cui rex : ' An filium morientem videre susti- nebis ?' Contra Rhacoces : ' Quum surculos amaros arborum abscindo, nil patiuntur arbores : itaque filio liberatus, pace fruar ipse.' Quod responsum valde miratus Artaxerxes, inter iudices Rhacocem esse iussit, dixitque, eum, qui filium suum punire vellet, bonum iudicem de aliis rebus fore. Tum filium, quum admonuisset, dimisit.

II.—THE AETHIOPIANS.

Some account of the Aethiopians, to whom Cambyses sends an embassy.

281.—Cambyses expeditionem in Aethiopas facere consti- tuit. Itaque speculatores misit nonnullos ex Ichthyophagis, qui Aethiopum sermone callebant. Hos ad Aethiopas misit, edoctos quid dicere deberent, et dona ferentes, pallium, armillas aureas, et vini utrem. Dicuntur autem hi Aethiopes fortissimi et pul- cherrimi esse omnium hominum : quemcunque etiam ex iis pul- cherrimum et corporis viribus praestantissimum iudicant, hunc regem faciunt. Ad hos igitur homines ubi advenerunt Icthyo- phagi, haec verba fecerunt : ' Cambyses Persarum rex, tecum hospitium, o rex, iungere cupiens, nos misit, et dona tibi haec dat, quorum usu et ipse maxime delectatur.'

The answer of the Aethiopian king.

282.—Quibus Aethiops intelligens venire eos ut speculatores, in hunc modum respondit : ' Neque Persarum rex vos misit dona ferentes ; nec vos vera dicitis : nec ille vir bonus est : nam si bonus esset, non cupivisset aliud imperium praeter suum, nec in servitutem redegisset homines, qui nulla illum iniuria

affecissent.   Itaque rex Aethiopum regi Persarum suadet, ut
quando ita facile arcubus uti huius modi Persae potuerint, tunc
expeditionem in nos suscipiat.'   His dictis sagittam ex arcu
emisit iisque qui venerunt arcum tradidit.

He examines the presents.

283.—Tum sumpto pallio, quaesivit quid esset, et quonam
modo factum.   Cui quum vera respondissent Ichthyophagi,
'dolosos hos homines esse,' inquit, 'et dolosa illorum pallia.'
Deinde de armillis quaesivit.   Quumque de hoc ornatu dixissent,
ridens rex, quum compedes esse putasset, ait, 'apud ipsos me-
liores hisce compedes esse.'   Ubi ad vinum venit, valde delectatus potu, deinde interrogavit, 'quonam cibo uteretur rex, et
quodnam esset homini Persae longissimum vitae spatium.'   Et
illi 'pane vesci,' aiebant; 'octoginta vero annos terminum esse
longissimum vitae hominis datum.'   Tum Aethiops, 'nil mirum
esse,' ait, 'quum tali cibo vescantur, tam exiguum eos vivere
annorum numerum; qui ne tot quidem annos vivere possent,
nisi hoc potu uterentur : hoc enim uno a Persis se superari.'

He astonishes the spies.

284.—Vicissim interrogantibus regem Ichthyophagis de vitae
spatio et ciborum genere : 'ad centum et viginti annos,' ait,
'pervenire eorum plerosque; cibum vero esse carnem coctam;
potum lac.'   Quumque mirarentur speculatores quod de annorum
numero dixisset, ad fluvium ab illo ductos se esse referebant, e
quo lota pellis splendida facta fuisset, quasi olei fluvius esset;
odorem autem suavissimum spirare illam aquam; et diu vivere
Aethiopas quod hac aqua uterentur.   A fluvio discedentes, ductos
se fuisse narrabant in locum quo vincti homines custodirentur,
ibique cunctos aureis vinctos compedibus vidisse.   Est enim apud
hos Aethiopas aes metallorum pretiosissimum.

The failure of the Expedition.

285.—Speculatores, postquam ista omnia spectaverant, reversi sunt. Qui ubi haec renuntiarunt, Cambyses valde iratus, bellum Aethiopibus inferre constituit, nullo de commeatibus mandato dato, nec secum reputans in ultima terrarum suscipi hanc expeditionem. At milites, quamdiu e terra nancisci aliquid poterant, radices comedentes vitam sustentarunt; ubi vero in arenas pervenere, dirum facinus nonnulli eorum fecere: sorte enim delectum decimum quemque comederunt. Qua re cognita Cambyses, omissa adversus Aethiopas expeditione, domum reversus est.

NOTES.

PART I.

SIMPLE SENTENCES.

Every Simple Sentence is either :—

    I. A Statement ; as Psittacus loquitur, *The parrot speaks.*

    II. A Command or Request ; as Loquere, psittace, *Speak, parrot.*

    III. A Question ; as Loquiturne psittacus? *Does the parrot speak?*

1. **apud**—'at the court of.'
    Corinth—a town on the isthmus which separates Northern Greece from the Peloponnesus (island of Pelops).—*Lat. Prim.* § 101.
    ingentibus opibus comparatis.—*Lat. Prim.* § 125.
    Tarentum—now Taranto, the largest Greek city in Italy, on the gulf of the same name.—*Lat. Prim.* § 121, c.
2. **oblata**—from offero.
3. **redactus**—from redigo.
    mediam navem—'the middle of the ship ;' so with other adjectives of position, as, summus mons—'the top of the mountain.'
4. **Taenarum**—now Cape Matapan, the most southern promontory of Greece.
    delatus—from defero.
5. **multum pecuniae**—*lit.* 'much of money.'—*Lat. Prim.* § 131.
6. **Massagetae**—a wandering tribe in Central Asia.
    Scythae—a people of S.-E. Europe.
    simili Scytharum—short for ' like *those* of the S.'
    Utor.—*Lat. Prim.* § 119, a.
    Ex equis—'on horseback.'
    ad omnia—'*for* everything.'
    cocta—from coquo.
7. **quisque . . . sepeliunt**—'They bury . . . each in his own.'
8. **ungulis bovinis**—'with the hoofs of an ox.'—*Lat. Prim.* § 115.
    magnitudine.—*Lat. Prim.* § 116.
9. The phoenix was said to live five hundred years, and then to kill itself by fire, its ashes producing a young one.
    ex intervallo—'after an interval.'
    aliorum . . . aliorum—of some . . . of others.—See 91. note.
    circumlitum—from circumlino.
10. **magni**—'at a high price.'—*Lat. Prim.* § 128, a.

11. **mures bipedes**—probably the jerboa, which makes very little use of its forelegs, which are very small.

    singulis cornibus—'with one horn apiece.'

    denique—'in a word.'

12. **in sicco**—'on dry land

    ex minimo fit maximum—'from being very small becomes very large.'

    ovis.—*Lat. Prim.* § 124.

13. **aliis**—'*to*,' *i.e.* 'are considered sacred *by*.'

    Thebae—the capital of Upper Egypt.

    Moeris, idis—a lake in Middle Egypt.

14. **amicti**—from amicio.

15. **varii coloris.**—*Lat. Prim.* § 128.

16. **Lydia**—a country in the south-west of Asia Minor.

    domi—'at home.' An old case called the locative.

17. **Sardes, ium**—the capital of Lydia.

18. **Adrasto**—the dative.—*Lat. Prim.* § 109.

19. Mt. Olympus, in Mysia, a country in Asia Minor.

    exstitit—from exsisto.

21. **ne feceritis**—'do not make.' If there were no *ne*, the verb would be in the Imperative. Always use the *Perfect* Subjunctive in commands with a negative, if it be the second person.

    vobiscum.—Cum is written after me, te, se, nobis, vobis, quo, qua, quibus.

22. **tandem**—after interrogatives gives sense of impatience, as 'who, I pray,' 'who on earth.'

23. **mi**—vocative of meus.

    Filius, genius, and proper names in *ius* make vocative in *i*.

24. **quaeve.**—ve, que, ně, are always written after the word to which they are joined.

25. **venatum**—the supine in *um.*—*Lat. Prim.* § 141, 5.

26. **sis**—'be.' The present conj. is often used instead of the imperative.

    custode me—'under my guardianship.'—*Lat. Prim.* § 125, a.

28. **ignosco tibi.**—*Lat. Prim.* § 106, 3.

    duos annos.—*Lat. Prim.* § 102, 1.

29. **pro esca**—'as a bait.'

    porcellum.—Diminutives end in *ulus, olus, ellus, culus*, with fem. and neut. forms ending in *a* and *um*.

30. **Sestos**—a town in Thrace, situated at the narrowest part of the Hellespont.

    Xerxes—king of Persia, who made an expedition against the Greeks, B.C. 480.

    Elaeus, untis—a town in Thrace.

    In Latin, verbs of taking away often have the *person* from whom the thing is taken in the dative.

Protesilaus was worshipped as a hero; he was the first Greek slain at the siege of Troy.

Sestum.—*Lat. Prim.* § 101.

31. ex improviso—'unexpectedly.'

32. ne veritus sis.—See 21, note.

33. ne hoc quidem—'not even by this.' The emphatic word is always put between ne and quidem.

34. Spartae—the locative case. See 16, note.

35. Oedipum Coloneum—the 'Oedipus at Colonus,' one of the most celebrated of Sophocles' plays.

36. Lysander—one of the greatest Spartan generals, conquered Athens, B.C. 404.

Lacedaemone—the locative, 'at Lacedemon' (Sparta).

37. ne posueritis.—See 21, note.

38. Inferi—'the gods below,' where the dead were supposed to be.

39. Cyrus minor—'the younger Cyrus' (to distinguish him from Cyrus, the founder of the Persian empire) revolted from his brother, Artaxerxes, who had succeeded to the throne, and was killed at the battle of Cunaxa, near Babylon, B.C. 401.

ordines—'rows.'

40. magno animo.—*Lat. Prim.* § 115.

The supreme power at Athens, after its capture by Lysander, B.C. 404, was placed in the hands of a body of thirty citizens, who got the name of the Thirty Tyrants.

in vas emisit—an allusion to the game of cottabus; in which the last drops of wine were jerked into a bowl, the object being to make a clear ringing sound. The player at the same time uttered the name of any one he loved. Here the point is that he says, 'This to the beautiful Critias,' as though he loved him, when in reality he was his bitter enemy.

41. alium quendam—understand locum.

optimo quoque cive—'all the best citizens,' *lit.* 'each best citizen.'

42. The battle of Thermopylae, in Thessaly, was fought by Leonidas at the head of 300 Spartans and a few allies, against the hosts of Xerxes, king of Persia, B.C. 480. All the Greeks were slain, preferring death to dishonour.

Lacaena—'a Laconian woman'—Laconia, a country in the Peloponnesus, of which Sparta was the capital.

In hunc finem—'to this end.'

43. Cyrenaeum—an inhabitant of Cyrene, a town in N. Africa.

44. Carthago—Carthage, the rival of Rome, a city in N. Africa, founded by the Phoenicians.

Sunt mihi.—*Lat. Prim.* § 107, c.

utrum . . . an . . . 'whether—or.'

46. Alexander the Great, king of Macedonia (now part of Turkey), and conqueror of Asia, died B.C. 323.
    tantum pecuniae.—*Lat. Prim.* § 131.
47. Lydia.—See 16, note.
    Summa vi—'with all his might.'
48. docere.—*Lat. Prim.* § 98.
    minoris.—*Lat. Prim.* § 128, a.
49. summam aquam.—See 3, note.
50. domum.—*Lat. Prim.* § 101.
51. Hercules—(Herakles), one of the national heroes of Greece.
    Hydra—a fabulous monster with many heads, slain by Hercules
    Lemnos—an island in the Aegean Sea.
    The siege of Troy was undertaken by the Greeks to recover Helen, wife of Menelaus, king of Sparta, who had been carried off by Paris, son of Priam, king of Troy.
52. iure nigro—'black broth,' a standing dish at a Spartan dinner.—*Lat. Prim.* § 119.
53. Themistocles—a celebrated Athenian, to whose efforts the victory of Salamis (B.C. 480) over the Persians may be ascribed.
    Aristides—known as 'the Just,' a distinguished Athenian.
    in hunc modum—'as follows.'
    quum . . . tum—'both . . . and.'
    ne auditum quidem.—See 33, note.
54. artificii huius modi—'a trick of this kind.'
55. Hercules—(Herakles), the son of Zeus and Alcmena, was ordered by Apollo to serve Eurystheus, king of Tiryns, for twelve years, as a penance for the murder of his children, whom he had slain in a fit of madness. At the bidding of Eurystheus he performed twelve wonderful deeds, and was then set free. After his death he was worshipped as a hero. He represents the struggle between good and evil, and the victory of civilisation over barbarism.
    Nemea—a valley of Argolis in the Peloponnesus.
    Tiryns—a city of Argolis.
    humeris.—*Lat. Prim.* § 106, a.
57. Erymanthus—a mountain in Arcadia, in the Peloponnesus.
59. Elis—a country in the west of the Peloponnesus.
    Uno die.—*Lat. Prim.* § 120.
60. ad—'near.'
61. mirae magnitudinis.—*Lat. Prim.* § 128.
    Poseidon—the god of the sea; identified with the Neptunus of the Latins.
    Creta—(Candia) one of the largest islands in the Mediterranean.
    eius vice—'in its stead.'
62. Bistones—a people of Thrace, now part of Turkey.

pugnatum est—'it was fought,'—an impersonal construction ; that is to say, no subject is apparent.

equabus.—Words of the first declension, that have masculine forms of the second declension, make dat. and abl. plur. abus for the sake of distinction.

secum.—Cum is written after and joined to—me, te, se, nobis, vobis, quo, qua, quibus or quis.

63. Amazones—the Amazons, a race of warlike females, said to have come from the Caucasus, and to have settled in Asia Minor.

manus conseruerunt—'joined battle.'

64. Erythia—(the red), so called because it lay under the rays of the setting sun.

nomen Herculeis columnis—'the name of the pillars of Hercules.' —*Lat. Prim.* § 109.

Helios—the sun god. Helion, Greek accusative.

65. Atlas—one of the Titans who warred against Zeus, was changed into a mountain, and condemned to support the weight of the heavens. Mount Atlas was in N. Africa.

tui vice.—See 61, note.

66. Tartara—the regions below the earth, to which the souls of the dead were sent.

Hermes—the messenger of the gods, identified with the Mercurius of the Latins.

Athena—the patroness of Athens, identified with Minerva.

67. Corinthum.—See 1, note.

caussam dixerat—'had pleaded a cause.'

criminis.—*Lat. Prim.* § 133.

68. singulis—used instead of unis, as unus is only used with words that have a plural only ; or whose singular and plural differ in meaning.

Ne tum quidem.—See 33, note.

Ephori—the five chief magistrates at Sparta.

Sacra facere—'to offer a sacrifice.'

69. Ne edideris—See 21, note.

Phrygia—a country in the north-west of Asia Minor.

70. alii . . . alii.—See 91, note.

71. ad condiendum—'to the embalming.'—*Lat. Prim.* § 141, 1.

72. hominis figura—'in the shape of a man.'

73. quam maxima—'with the very greatest ;' quam strengthens the superlative.

75. Ceres—the goddess of the earth.

aleam lusisse.—*Lat. Prim.* § 97.

ferentem—'leading.'

76. circuitu absoluto—*lit.* 'the circuit having been completed'—'having gone the round.'

77. **Medi**—the Medes, the inhabitants of a country in Asia, to the north of Persia.
    Astyages—probably the Darius mentioned in the Book of Daniel.
    necandum—the gerundive, 'to be slain.'
78. **Solon**—the great Athenian lawgiver, was born about 638 B.C.
    tertio die.—See *Lat. Prim.* § 120.
    quum . . . tum.—See 53, note.
80. **satis victus.**—*Lat. Prim.* § 131.
    sacris factis.—See 68, note.
81. **expeditionem**—this expedition is placed about 546 B.C.
    ad urbem—'near the city.'
82. **ducenos pedes**—'two hundred feet each.'—*Lat. Prim.* § 102, 2.
    Labynetus—otherwise Nabonnedus, the last king of Babylon. He abdicated in favour of his son Belshazzar. Compare the account in Daniel. The date of the capture of Babylon is 538 B.C.
83. **Araxes**—probably either the Oxus or the Jaxartes in Central Asia.
    cuiusque—'of every,' *lit.* 'each.'
    ad saltandum—'to the dancing.'
84. **Massagetarum.**—See 6, note.
    pugnatum est.—See 62, note.
    tui victricem—'the conqueress of thee ;' tui from tu ; tuam would mean 'belonging to thee.'
    The death of Cyrus is fixed at 529 B.C.
85. **Samii**—the inhabitants of Samos, an island in the Aegean Sea.
    Ephori.—See 68, note.
    frumento.—*Lat. Prim.* § 119, b.
86. **Scythas**—See 6, note.
    Quid tandem—'what, pray ?' See 22, note.
88. **Scipio Nasica**—*i.e.* Scipio with the long nose, a celebrated Roman statesman.
    amicissimo utebatur—'was most friendly with.'
    Ennius—a celebrated Roman poet, born 239 B.C.
89. **Alexander.**—See 46, note.
    Quo tandem iure—'by what right, pray?' See 22, note.
90. **docuisse.**—*Lat. Prim.* § 98.
    pluris—*Lat. Prim.* § 128, a.
    ne mentiti sitis.—See 21, note.
    operam date—'pay attention.'

PART II.

COMPOUND SENTENCES.

A Compound Sentence consists of a Principal Sentence with dependent clauses.

Clauses introduced by the Relative or one of its particles, *unde, ubi, quo, etc.,* are called adjectival, as they are related to the Principal Sentence like adjectives.

For the agreement of the Relative, see *Lat. Prim.* § 91.

91. **qui occupavit** acts as an adjective to Polycrates : 'Polycrates who,' etc.

　　alter . . . alter—'the one . . . the other,' of two ; **alii . . . alii,** 'some . . . others,' of many.

　　natu minore—'the younger,' *lit.* 'less by birth.'

　　Samos—an island in the Aegean Sea, which is now called the Archipelago.

　　Ionia—the western seaboard of Asia Minor, colonised by Greeks of the Ionian race.

　　agebat ferebatque—'drove and carried off,' *i.e.* 'pillaged.'

　　amico.—*Lat. Prim.* § 106, 3.

　　Lesbos—an island in the Aegean Sea, off the coast of Mysia.

92. **curae**—dat. '(for) a cause of anxiety.'—*Lat. Prim.* § 108.

　　auro vinctus—'set in gold.' Distinguish between 'vinctus' and 'victus.'

　　domum.—*Lat. Prim.* § 101.

94. **monumenta sui**—'as a memorial of himself.' Monumenta sua would mean 'his memorials.'

　　Vulcanus—the god of fire, and the patron of workers in metals.

　　Ex adverso—'opposite to.'

　　septentrio—more usually *septentriones*—'the seven ploughing oxen ; the seven stars of the constellation called the Wain, or the Great Bear, near the North Pole, hence, 'the north.'

　　a septentr.—*lit.* 'from' the north, here '*on*,' '*in the direction of.*'

95. **vim**—'a quantity.'

　　aedificandas curavit—'got built.'

96. **illos speciem docuit.**—*Lat. Prim.* § 98.

　　vita fungi—'to finish life,' *i.e.* 'to die.'

97. **in dies**—'from day to day.'

98. **haerens animo**—'in doubt,' *lit.* 'hesitating in mind.'

99. **asinis.**—*Lat. Prim.* § 106, a.

　　multum vini.—See 5, note.

102. **Xerxes**—the Ahasuerus of Scripture.

　　pro imis cuspidibus—'instead of points at the end,' *lit.* 'lowest points.'

103. **victus.**—See 5, note.

104. **Pythi.**—See 23, note.

　　in posterum—'for the future.'

105. **quibus vescuntur.**—*Lat. Prim.* § 119, a.

　　his hominibus.—*Lat. Prim.* § 106, a.

　　Argipaeis.—*Lat. Prim.* § 109.

106. Capitis poena—'penalty of death,' *lit.* 'of the head.'

Spartani—the ruling race in Laconia, a country of Southern Greece.

dictu—the supine, used as an ablative of respect.

ascivit—from ascisco.

PART III.

ADVERBIAL CLAUSES.

An Adverbial Clause modifies a Principal Sentence like an Adverb, and is introduced by Conjunctions.

(For examples see *Lat. Prim.* Appendix XI.)

The Adverb shows *Why*, *When*, or *How :* and so does an Adverbial Clause.

The tense of the verb in the Adverbial Clause is determined by the tense of the Principal Verb.

Primary tenses (Present, Future, and Perfect with 'have) are followed by Primary.

Historic tenses (Imperfect, Pluperfect, and Aorist, or Perfect without 'have') are followed by Historic.

107. Cambyses—king of Persia, succeeded Cyrus, the founder of the kingdom.

ut spectarent—'to see,' literally, 'that they might see.'

Memphis—a town in Egypt.

Equidem—'I, for my part.'

108. Magum—one of the priestly order in Persia. Cambyses had put to death his brother Smerdis. In the absence of Cambyses, one of the Magi, taking advantage of an accidental likeness, pretended to be Smerdis, alleging that he had not been put to death as generally believed, and made himself king. Cambyses died before he could put down the revolt, and Smerdis reigned for some months before he was detected and slain by some conspirators, one of whom, Darius, was made king.

Susa, -orum—the capital of Persia, the Shushan of Scripture.

109. quove.—Ve, 'or,' is always written after the word to which it is joined, like que, 'and,' and nĕ, the interrogative.

haberem.—*Lat. Prim.* § 153, 1.

ne te doni poeniteat—'lest it should repent thee of thy gift.'

110. Babylon—(Babel) on the Euphrates, the capital of the Chaldean empire, was captured by Cyrus in the reign of Belshazzar, as told in Scripture.

quae panem conficeret—'to make bread.' The reason of the verb in this Adjectival Clause being in the Subjunctive is that quae is equal to 'ut ea ;' 'in order that' is implied, see *Lat. Prim.* § 150, so that it is really equivalent to an Adverbial Clause.

111. **parvi.**—See note on 10.

112. Cyrus took Babylon by damming the Euphrates above the town ; when the river ran low his troops passed under the gates which guarded the river, and so got into the town.

113. **mulabus**—from mula, to distinguish it from mulis, from mulus ; so deabus.

115. The Babylonians are here called Assyrians, because they had been subject to Assyria in ancient times.

    Anne—(an-ne) cannot be translated. The Latins used such interrogative words as this in addition to the note of interrogation.

116. **de illa copiarum**—'out of that part of your troops, whose,' etc.

    iacturam—(iacio) 'loss.' This word is often used to signify the lightening of a ship in a storm by throwing part of the cargo overboard.

    Semiramis—the Queen of Ninus, the founder of the great Assyrian Empire.

117. **commodo.**—*Lat. Prim.* § 108.

    futurus—'sure to be.'

118. **impetravit**—'he obtained.' Impetrare means to ask for a thing and get it.

    convenerat—'it had been settled.' An impersonal verb.

119. **urbs Babylon.**—*Lat. Prim.* § 90.

120. **Quot dierum**—'of how many days ;' tot, 'so many.'

    quominus is equivalent to ut eo minus, 'in order that by it the less.' Translate quominus conficiat, 'from finishing.'

    per singulos—'through one man at a time ;' per unum would mean that one man took the message the whole way.

121. **Spartae**—'at Sparta,' the locative case, originally written Spartai. See note on 16.

    quoties gestasset—'as often as she carried.'

    Helena—the most beautiful woman in the world, the wife of Menelaus, king of Sparta. She was carried off by Paris, son of Priam, king of Troy, and to recover her the Greeks undertook the famous siege of Troy, which lasted ten years.

122. **The Phoenicians**—a maritime people on the coast of Syria, the greatest travellers and traders of the early ages.

123. **Bacchus**—the god of wine.

    quum non possint—quum, meaning 'since,' always takes the Subjunctive ; when it means 'when,' it takes the Subjunctive only in the Imperfect and Pluperfect tenses.

124. **tanta quanta canum**—'as great as that of dogs.'

funalem utrinque marem—'a male fastened-to-a-halter on each side.'
data opera—'taking care.'
quam nuperrime—'as lately as possible.'
The Indians used to keep the she-camels for themselves, so that in extremity of danger they might abandon the males with the gold to the ants, and escape themselves.

125. **Garamantibus.**—*Lat. Prim.* § 109.
possint—in subj. after priusquam, because possibility, not a fact, is meant.

127. **intercedere**—'interfere with.'
quin capitis damnetur—'without being condemned to death;' literally, 'but that he should be condemned of the head.' quin (qui-non) can only be used in a negative sentence.

128. **Delphi, -orum**—a town in Northern Greece, celebrated for an oracle of Apollo.
consultum.—See 25, note.

129. **Laconia**—the country of which Sparta was the capital.
multam—'a penalty.'
in auspiciis—'at the beginning,' from the auspices taken at that time.
aere alieno—'debt,' literally 'some one else's money.'

131. **Athenae, -arum**—the capital of Attica in Northern Greece. Athenis is the locative case; see note on 16.
quantum—'as.'
quos reppererat amplissimos—the Latins often put the superlative into the relative clause, where in English it would be less correctly joined with the noun.
Olympia, in Elis, a country in the Peloponnesus, celebrated for its great Athletic games, which were held every fourth year.

132. **Sicyon**—a town in the N.E. of the Peloponnesus.
dignum qui fiat—'worthy to be made.'—*Lat. Prim.* § 150.
quibus certarent.—*Lat. Prim.* § 150.

133. **pertentavit**—'made a thorough trial of.'

135. **ex legibus**—'according to the laws.'

PART IV.

SUBSTANTIVAL CLAUSES.

A Substantival Clause is one which may take the place of a Substantive, as Subject, Object, or Apposite, being—

I. Indirect Statement.   Construction.—Accus. with Infin.
II. Indirect Command or Request.   Construction.—Subjunctive.
III. Indirect Question.   Construction.—Subjunctive.

There are a few exceptions to this rule which will be noticed separately as they occur.

It is clear that Substantival Clauses will be most commonly used in reporting speech (or thoughts) of others. In this case all *Adverbial or Adjectival Clauses depending on the Substantival* must be Subjunctive.

136. **Certior factus sum**—'I have been informed,' literally, 'I have been made more certain.'

    utantur—in Subj., because explaining esse gentes.

137. **Gryphas**—acc. of Gryps, 'griffins,' fabulous monsters, like the dragon slain by St. George.

138. **Barca**—a town in N. Africa.

    ex adverso—'in the opposite direction.'

139. **se soluturos**—'to pay.' Verbs of hoping and promising take the Future Infinitive, which is translated like the Present.

140. **Icto foedere**—'A truce being agreed on,' *lit.* 'struck.'

    iureiurando—abl. of iusiurandum, of which both parts are declined.

    Stare with abl.—' to stand by.'

    tam diu—quam diu—'so long—as.'

141. **quidnam esset**—indirect question.

142. **Carthaginienses**—the inhabitants of Carthage (Carthago), a town in N. Africa.

    Libya—a country in N. Africa.

    Herculeas columnas—'the pillars of Hercules.'

    Gibraltar (Calpe), and Abyla, a mountain in Africa just opposite, were so called from the fable that they were originally one mountain, torn in two by Hercules (Herakles), the national hero of Greece.

    sin minus—'but if not.'

143. **Nomadas**—from Nomas, a Greek word, meaning 'roaming about for pasture,' 'the Bedouins.'

    ne unquam—more elegant than ' ut nunquam.'

144. **Darius.**—See 108, note.

    Ister—'the Danube.'

    aciem committere—'to join line of battle.

    neque ullus—more elegant than 'et nullus.'

    To give earth and water was a sign of complete submission.

145. **in malam crucem proinde abiret**—'let him go and be hanged.'

    abiret—indirect form of the imperative.

146. **similis equo**—*i.e.* in swiftness.

    Magos.—See 105, note.

147. **de improviso**—'unexpectedly.'

149. **solverent.**—See 145, note.

    se facturos.—See 139, note.

151. **Ioniam.**—See 91, note.

Milesius—'of Milctus,' the principal city of the Ionian Greeks in Asia Minor.

ad teli iactum—'as far as a javelin's throw.'

153. rationem secum iniens—'taking account.'

in regiam domum—'towards the royal family.'

properantius quam sapientius—'more hastily than (more) wisely.'

154. Mitrobati.—*Lat. Prim.* § 109.

subactu.—See 106, note.

155. nescio quid—'something or other.'

Anacreontem Teium—'Anacreon of Teos.'

Anacreon was a poet who sang the praises of love and wine. Teos, an island in the Aegean Sea.

156. Magnesia—a city of Lydia in Asia Minor.

quo=ut eo.—*Lat. Prim.* § 150.

fore ut potiretur=se potiturum esse—'that he would get possession of.'

quemcunque fidelissimum habes—'the most faithful you have;' the adjective is put into the adjectival clause, instead of going with its noun as in English, otherwise it would mean, 'the very faithful citizen whomsoever you have.'

157. in parato—'ready.'

158. actuaria navis (ago)—'a man of war,' as opposed to oneraria (onus)—'a merchantman.'

ut rata haec fierent—'that these things might be so.'

159. Syracusae, -arum—a town in Sicily, now Syracuse.

ne unus quidem—'not even one.' The emphatic word is put between ne and quidem always.

qui comparetur—'to be compared.'—*Lat. Prim.* § 150.

160. narratu—the supine in u, 'to be told,' used as an ablative depending on indigno.

loco —'as ;' *lit.* in place of.

161. inter venandum—'while hunting,' venandum the gerund used as an accusative.

ut pes distorqueretur—a substantival clause acting as subject to accidit, instead of the accusative and infinitive.

162. indutus laceros pannos—'clothed in torn rags.'

163. ne nulla spes reliqua foret—a substantival clause depending on veritus.

164. cui nomen erat Scitoni.—*Lat. Prim.* § 109.

166. ne imprudentes in aquam decidant—the object to veriti.

brevi interposita mora—'after a short delay.'

167. eum pulcre decipiens—'getting round him finely.'

praecīdens—'cutting short.'

qui cupias—an adjectival clause really equal to an adverbial, since qui=quum tu, 'since you.'—*Lat. Prim.* § 150.

169. **exsulatum**—'to go into exile.' The supine used as an accusative after the verb of motion, abirent.

170. **ex quo**—'ever since.'
eminentiorem quemque civem—'all the distinguished citizens.'
Vellet is in the subjunctive where you would expect the indicative, because quae=talia ut—' whatever he wished.'—*Lat. Prim.* § 150.

171. **Eretria**—a town in the island of Euboea, close to Greece.
auxilio—the dative of the complement, 'for a help.'
quominus possent—'from being able.' Quominus=ut eo minus, depending on impedimento.

172. **dare poenas**—'to suffer punishment.'

173. **Cyprus**—a large island in the Levant Sea.

174. **quae quum ita essent**—'This being the state of affairs.'

175. **Car**—a Carian, an inhabitant of Caria, a country in Asia Minor.
utrum—an, 'whether, or,' a double question.
quod di prohibeant—' the gods forbid,' conjunctive expressing a wish.
artes—'tricks.'

176 **convenerat**—'it had been settled.'

178. **Amathunta**—a Greek form of the accusative from Amathus, untis.
auferrent.—See 145, note.
melius actum iri—'things would go better,' *lit.* 'that it would be done better.'

179. **ne interficeretur.**—See 163, note.
Susis.—See 108, note.
Byzantium—now Constantinople.
qui profiterentur—' whoever.'—*Lat. Prim.* § 150.
conditum—'pickled,' from condio.

180. **ad Miletum**—' *near* Miletus ;' *at* Miletus would be Mileti, the locative
placuit—' it was resolved.'
ne quis—'that no,' literally, 'lest any.'

181. **habitae**—' delivered.'
in novaculae acie—'on the edge of a razor,' that is to say, 'in danger.'

182. **binas**—'two at a time.'
ponte—'the deck,' so in French, ' pont.'
in commune contulit—'contributed to the common stock.'
quanto praestat—'How much better.'
agite—'come.'

183. **sublatis velis**—'having set sail.'
actum esse de—'that it was all up with.'
vela fecit—'set sail.'
Tyrrhenis—'Etruscans,' the people of Etruria, a country in Italy.

184. **cuiusque generis**—'of every kind.'

185. **Argivi**—the people of Argos, a town in the Peloponnesus.
attinere ad—'to have to do with.'
fies coena—'thou shalt become a feast.'

186. **docuisset**—'had put on the stage.'

fecisset is in the subjunctive where you would expect the indicative, because quod is equivalent to 'because they said that.'

187. **poenam sumere**—'to take vengeance on.'

Thasos—an island in the Aegean Sea.

Hellespontus—now the Dardanelles, the strait at the entrance of the Sea of Marmora.

Macedonia—now part of Turkey.

Athos—a rocky promontory to the north of Greece.

amplius viginti millia—understand quam, 'than,' after 'amplius.'

Thraces—a tribe inhabiting part of what is now Turkey.

188. **ne tum quidem.**—See 159, note.

accesserunt—'were added.'

equis transvehendis—'for carrying across the horses.'

parandas curaverat—'had got ready.'

189. **Icarium mare**—the same as the Aegean.

Naxos—an island in the Aegean.

190. **Delos, Tenos**—islands in the Aegean.

193. **curae fuit**—'was (for) a care,' the dative of the complement.— *Lat. Prim.* § 108.

homines—'the inhabitants,' females as well as males.

194. **Marathon**—a plain about 20 miles from Athens, about 6 miles long, and from 1 to 3 broad, bounded by a marsh at each end.

Hippias had been expelled from Athens, B.C. 510, and was at the present date, B.C. 490, a very old man.

apud Darium—'at the court of Darius.'

195. **Pan**—the god of flocks and shepherds. He was dreaded by travellers, to whom he was suddenly said to appear. Hence the term, 'Panic fear,' or 'panic.'

obvium factus est—'met.'

sui—'of him (self).'

meriturus sit—'was likely to deserve.'

196. **postridie ejus diei**—'on the day after that day,' 'next day.'

sub iugum—'under the yoke,' as a sign of submission.

197. **ut vehementius et sternutaret et tussiret**—the subject of accidit.

labarent—'were loose.'

198. **Plataeenses**—the inhabitants of Plataea, a town in Boeotia, in Northern Greece.

qui suffragium ferret—'to vote.'—*Lat. Prim.* § 150.

199. **in te situm est**—'it rests with you.'

memoriam tui—'a memorial of thyself.' See 94, note.

sin his suffragatus fueris—'but if you shall have voted for these.'

201. **manus conserere**—'to join battle.'

memoratu.—See 160, note.

Medicam vestem—'the uniform of the Medes.' Medes are here equivalent to Persians. The Medes were a people in Asia who were now subject to the Persians.

204. **Sunium**—a promontory of Attica.
quantum pedibus valuere—'as fast as they could.'

205. **Paros**—an island in the Aegean.
operam dare—'to do one's best.'

206. **Timo**—gen. Timūs, acc. Timo, a Greek word.
Dearum Inferarum—'the goddesses of the infernal regions.'
murus—a wall; moenia, town walls; paries, a partition wall in a house.
Ceres—the goddess of the earth, and the patroness of agriculture.

207. **qui consulerent**—'to consult.' The Subjunctive of purpose: *qui* = *ut ii.—Lat. Prim.* § 150.
Delphi, -orum—a town in Northern Greece, famous for an oracle of Apollo.
Pythia—the priestess of Apollo.
ut vita male fungeretur Miltiades—the subject to esset.
ducem—in apposition to hanc.

208. **capitis reum**—'as a criminal on a capital charge.'
ut qui—'on the ground that he.' Ut qui always takes subjunctive.
dicere caussam—'to plead a cause.'

209. **Argi, -orum**—the capital of Argolis, in the Peloponnesus.
Stymphalio lacu—a lake in Arcadia, in the centre of Peloponnesus.
Argolis—the territory of Argos.

210. **ne dolo caperentur**—the object to verebantur.
praevertet—'shall rout.'

211. **Argus**—the national hero of the country.

212. **singulos**—'one at a time.'
pendendae—'to be paid.'

213. **hilotae**—the serfs in Laconia. They were the descendants of the aborigines, who had been conquered by the Spartans who invaded Laconia in early times, and became the ruling race.

214. **inimicus**—a personal enemy, as opposed to hostis, a public foe.
sacris factis—'having offered a sacrifice.'
capturum fuisse—'would have taken.'

216. **merum bibere**—'to drink wine unmingled with water,' which was thought a most depraved habit.

218. **quo pacto**—'how,' 'by what means.'

219. **Hellespontum, Athon.**—See 187, note.
sui.—See 94, note.

220. **facienda curat**—'gets done.'
iungendis pontibus.—*Lat. Prim.* § 143.
alii alio—'some in one place, some in another,' *lit.* 'others to another place.'

223. **Pontus**—the Black Sea.

224. **in eo erat ut**—'was on the point of.'
Magis.—See 108, note.
225. **medius**—'across the middle.'
226. **Abydi**—the locative.—See 16, note.
de industria—'on purpose.'
certaminis navalis spectandi.—*Lat. Prim.* § 143.
227. **ne quis**—'that no,' *lit.* 'lest any.'
qui cogeret—Subjunctive of consequence, *qui=talis ut,* 'of such a kind as to.'—*Lat. Prim.* § 150.
229. **rationem nullam habuit**—'took no notice.'
in hunc modum—'as follows.'
230. **Doriscus**—a town in Thrace, or Turkey.
232. **confisi**—'trusting,' a deponent participle from confido.
233. **Salamis**—an island off the south-west coast of Attica.
234. **qua ratione**—'how.'
Thermopylae—(the Hot Gates, so called from its hot springs); a pass leading from the state of Thessaly to that of Locris in N. Greece. The pass was very narrow; on one side was a lofty mountain (Mount Octa), on the other a deep morass and the sea.
Artemisium—a tract of country on the north coast of Euboea.
ab altero latere—'on one side.' alter, 'one of two.'
236. **Troezen**—a city in Argolis, in the Peloponnesus.
Aegina—an island in the Saronic gulf, near Attica. The Aeginetan navy was the second in Greece, that of the Athenians being the most powerful.
metum quemdam incussit barbaris—'inspired the barbarians with a certain amount of fear.' The Greeks called all foreign nations barbarians.
praestitit se—'showed himself.'
veluti in frusta—'into ribbons, so to speak.'
237. **non minus quadringentas**—understand quam after minus, otherwise quadringentas would have to be the ablative after the comparative minus.
238. **qui exploraret.**—See 207, note.
239. Demaratus had been king of Sparta eleven years before, but having been deposed, had taken refuge with Xerxes.
quominus intremus.—See 171, note.
qui audeat = *talis ut.*—*Lat. Prim.* § 150.
240. **homines**—viros, 'human beings' and 'men.' Notice the distinction.
explicari—'deploy,' a military term, meaning to open out.
242. **sub noctem**—'at nightfall.'
quae circumvenirent.—See 207, note.
243. **minime promptos**—'by no means resolute.'
244. **ratio**—'account.'
quibus gladii supererant—'those who had swords left.'

245. Trachis—a town in Thessaly.
246. ad Artemisium—'off Artemisium.' See 180, note.
missurus esset—'would be likely to send.'
248. ancipiti Marte—'with success uncertain,' *lit.* 'with Mars uncertain.'
Mars was the god of war.
249. sublatis ancoris—'having weighed anchor.'
ut committerentur—the subject of accidit.
250. inter se cohortati—'exhorting each other.'
visum est—'it seemed good,' 'they resolved.'
251. sibi ipsis consuluerunt—'consulted for their own safety.'
252. nuntiatum.—See 25, note.
Parnassus—a mountain overhanging the town of Delphi.
253. locaret—'let him place.'
condita—from condio, 'flavoured.'
255. altero die ab—'on the day after.'
longitudinem.—*Lat. Prim.* § 102, 2.
256. Isthmum—the isthmus of Corinth between N. Greece and the Peloponnesus.
257. regis partibus—'the side of the King.'
qui nuntiarem.—See 207, note.
258. in puppim remigarent—'backed water,' *lit.* 'rowed towards the
stern.'
longius evectus—'carried out too far to sea.'
miseri—'cowards.'
259. ne quis . . . caperet, the object of veritus.
quae custodirent.—See 207, note.
anno insequenti—B.C. 479.
260. Caria—a district in the south-west corner of Asia Minor.
quod spectat ad—'as regards.'
261. ponte.—See 182, note.
262. moenia urbi circumdare—'to surround the city with a wall,' *lit.*
'to give-round a wall to the city.'
invitis—'against the will of.'
263. certiorem faceret.—See 136, note.
265. ut . . . videretur—the subject to accidit. 'It happened that,' etc.
This construction is here used instead of the accusative and
infinitive.
opus est lucerna.—*Lat. Prim.* § 119, a.
266. ut certior fieret—'to be informed,' *lit.* 'in order that he might become more certain.'
sciendi.—*Lat. Prim.* § 141, 2.
gratias ageret—'gave thanks.'
inter legendas literas—'while reading a letter.' This construction
of the gerundive participle is elegantly used instead of the gerund ;
'inter legendum literas.'—*Lat. Prim.* § 143.

bono esse animo—'to be of good courage.'

auferret—the indirect form of the imperative.

267. uxorem ducere—'to marry a wife.'

268. Syria—a country of Western Asia, between Asia Minor and Egypt.

cui obviam iturus erat—'which he was going to meet.'

269. consultum—the supine. *Lat. Prim.* § 141, 5.

270. Cambyses—succeeded Cyrus, the founder of the Persian empire, B.C. 529.

munus suum praestare—'do its duty.'

271. Alexander the Great, king of Macedonia (now part of Turkey), overthrew the Persian empire, B.C. 333.

ne oraveris.—See 21, note.

272. Scythas.—See 6, note.

peteres—'you would grasp.'

quin frangi possit—'as not to be able to be broken;' quin, here= quod non, can only be used in a negative sentence.

quid tibi nobiscum est—'what have you to do with us?'

quo . . . eo—'the more . . . the more.'

273. poenituit.—*Lat. Prim.* § 134.

neque multum abfuit quin interficeret—'and was not far from killing,' *lit.* 'but that he should kill.'

274. ex mandato—'according to the command.'

275. futurus esset—'was likely to be.'

nubere—'to marry,' *lit.* 'to take the bridal veil.'

276. fore ut—'that it would be that.'

277. Thebes—(Thebae), a town of Boeotia, a country in Northern Greece.

haud multum abesse quin moreretur—'that he was not far from dying,' *lit.* 'but that he should die.'

278. Megara—a town on the isthmus of Corinth.

279. pro signo—'for a crest.'

281. sermone callebant—'were skilled in the language.'

282. non cupivisset—'he would not have desired.'

arcubus.—Words of two syllables of the fourth declension ending in -cus take -ubus instead of -ibus in the dative and ablative plural.

283. hisce.—*Lat. Prim.* § 124.

284. quod dixisset—*Lat. Prim.* § 150.

285. ultima terrarum—'most remote regions.'

decimum quemque—'every tenth man,' *lit.* 'each tenth man.'

VOCABULARY

adj. *adjective.*
adv. *adverb.*
c. *common.*
conj. *conjunction.*
defect. *defective.*
dep. *deponent.*

dim. *diminutive.*
f. *feminine.*
freq. *frequentative.*
impers. *impersonal.*
incep. *inceptive.*
irreg. *irregular.*

m. *masculine.*
n. *neuter.*
num. *numeral.*
part. *participle.*
prep. *preposition.*
v. *verb.*

A, ab, prep., *from, by.*

abdo, dĭdi, dĭtum, v. 3, *to hide.*

abdūco, duxi, ductum, v. 3, *to lead away.*

ăbĕo, ĭvi *or* ĭi, ĭtum, v. 4, *to go away.*

ăbĭgo, ēgi, actum, v. 3, *to drive away.* (ăb-ăgo.)

ăbĭĭcĭo, iēci, iectum, v. 3, *to throw away.* (ab-iăcio.)

ablēgo, v. 1, *to send away.*

ablŭo, ŭi, ŭtum, v. 3, *to wash away, purify.*

abnŭo, ŭi, ŭtum, v. 3, *to refuse.*

abrĭpĭo, pŭi, eptum, v. 3, *to drag, carry, take away.* (ab-răpĭo.)

abrumpo, ūpi, uptum, v. 3, *to break off.*

abscēdo, cessi, cessum, v. 3, *to go away.*

abscindo, scĭdi, cissum, v. 3, *to cut off.*

absolvo, vi, ūtum, v. 3, *to finish, absolve, break.*

abstrăho, xi, ctum, v. 3, *to drag, take away, steal.*

absum, fŭi, v. irreg., *to be absent.*

āc, conj., *and, as.*

accēdo, cessi, cessum, v. 3, *to approach, be added.* (ad-cēdo.)

accessus, ūs, m., *an approach.*

accĭdo, v. 3, *to happen, befall.* (ad-cădo.)

accĭpĭo, cēpi, ceptum, v. 3, *to receive, accept, undergo.* (ad-căpio.)

accĭpĭter, tris, m., *a hawk.*

accommŏdātus, a um, adj., *fitted.*

accūrātē, adv., *exactly, carefully.*

accurro, curri, cursum, v. 3, *to run to, run up.*

accusātĭo, ōnis, f., *a charge.*

accūso, v. 1, *to charge, accuse.*

ācĕr, cris, e, adj., *sharp, keen.*

acervus, i, m., *a heap.*

ăcĭes, ēi, f., *an edge, line of battle, battle.*

ăcĭnăcēs, is, m., *a scimitar.*

acquiro, sīvi, sītum, v. 3, *to procure acquire.*

acrĭter, adv., *sharply.*

actŭārĭus, a, um, adj., *swift.* (ago.)

ăcŭo, ŭi, ŭtum, v. 3, *to sharpen.*

ăcūtus, a, um, adj., *sharp.*

ăd, prep., *to, near, for, beside, off.*

ădapto, v. 1, *to fit.*

addo, dĭdi, dĭtum, v. 3, *to add.*

addūco, xi, ctum, v. 3, *to lead, bring to, induce.*

ădĕo, ĭvi *or* ĭi, ĭtum, v. 4, *to approach, visit.*

ădĕo, adv., *so far, so much, so.*

adhĭbĕo, ŭi, ĭtum, v. 2, *to apply, employ, give, show.*

adhuc, adv., *hitherto, still.*

ădĭtus, ūs, m., *an approach.*

adĭĭcĭo, ēci, ectum, v. 3, *to add to.* (ad-iăcio.)

admĭnistro, v. 1, *to attend to, manage.*

admīrātĭo, ōnis, f., *astonishment, admiration.*

admŏdum, adv., *very.*

admŏneo, ŭi, ĭtum, v. 2, *to remind, warn.*

admŏveo, mōvi, mōtum, v. 2, *to bring or move to, apply, knock against.*
ădŏleo, ŭi, ultum, v. 2, *to burn.*
ădŏlescens, entis, part. (adŏlesco), *young, as subst. a young man.*
ădŏrĭor, ortus, v. 4, dep., *to attack.*
ădōro, v. 1, *to entreat, worship.*
adsum, fŭi, esse, v. irreg., *to be present.*
ăduncus, a, um, adj., *curved.*
advĕnĭo, vēni, ventum, v. 4, *to come to, approach, arrive.*
adventus, ūs, m., *an arrival, approach.*
adversārius, a, um, adj., *opposed to, as subst. a rival, enemy.*
adversus, adv. and prep., *against, towards.*
advespĕrascit, avit, v. 3, incep. and impers., *evening approaches.*
advŏco, v. 1, *to summon.*
advŏlo, v. 1, *to fly to.*
aedes, is, f., *a temple,* in plur. *a house.*
aedĭfĭcium, ii, n., *a building.*
aedĭfĭco, v. 1, *to build.*
aegrē, adv., *with difficulty*; aegrē ferre, *to be displeased, vexed at.*
aenĕus, a, um, adv., *of brass.*
aeqŭalis, e, adj., *equal, of the same age, level with.*
aeqŭalĭtas, atis, f., *equality.*
aequalĭter, adv., *equally.*
aequus, a, um, adj., *even, calm.*
āēr, āĕris, m., *the air.*
aerārĭus, a, um, adj., *pertaining to copper*; faber, *a coppersmith.*
āĕs, āĕris, n., *brass, copper.*
aestas, ātis, f., *summer.*
aestĭmo, v. 1, *to value.*
aestus, ūs, m., *heat, the tide.*
aetas, ātis, f., *age, an age.*
aevum, i, n., *an age.*
affĕro, attŭli, allātum, v. 3, *to bring to, apply, offer.*
afficio, fēci, fectum, v. 3, *to affect, punish, treat.* (ad-făcio.)
affigo, ixi, ixum, v. 3, *to fasten to.*
affirmo, v. 1, *to assert.*
affligo, ixi, ctum, v. 3, *to dash against, cast down, assail.*
ăgĕr, gri, m., *a field.*
aggrĕdĭor, gressus, v. 3, dep., *to approach, attack.* (ad-grădĭor.)
ăgĭto, v. 1, freq., *to drive about, disturb, consider, plan.*
agnosco, nōvi, nĭtum, v. 3, *to recognise.*
ăgo, ēgi, actum, v. 3, *to drive, keep, spend, pass, accuse.*
ăgrestis, e, adj., *of the fields.*
ăĭo, v., defect., *to say, affirm.*
āla, ae, f., *a wing.*

ālātus, a, um, adj., *winged.*
ălĕa, ae, f., *the game of hazard.*
ălĭēnatus, a, um, part. (ălĭēno), *deprived, deranged.*
ălĭēnus, a, um, adj., *belonging to another person.* (ălĭus.)
ălĭoquin, adv., *otherwise.*
ălĭquamdĭū, adv., *for a while.*
ălĭquantŭlus, a, um, adj., *some little.*
ălĭquis, quid, pron., *some, any one.*
ălĭquot, num., *some, a few.*
ălĭus, a, ud, adj., *other, another*; alius . . . alius, *some . . . other.*
alligo, v. 1, *to bind to, fasten.*
allŏquor, cūtus, v. 3, dep., *to address.*
ălo, ălui, altum, ălĭtum, v. 3, *to rear, grow, nourish, feed.*
alter, a, um, adj., *one of two, the other.*
altĕrŭter, a, trum, adj., *one of two, either.*
altĭtūdo, inis, f., *height.*
altus, a, um, adj., *high, deep.*
alvĕus, i, m., *a hollow channel.*
ămārus, a, um, adj., *bitter.*
ambĭo, ivi *and* ii, ītum, v. 4, *to go round, surround, request, try for.*
ambo, bae, bo, num., *both.*
ambŭlo, v. 1, *to walk.*
amĭcĭo, icŭi, ictum, v. 4, *to clothe.*
ămĭcĭtĭa, ae, f., *friendship.*
ămĭcus, a, um, adj., *friendly.*
ămĭcus, i, m., *a friend.*
āmitto, misi, missum, v. 3, *to lose.*
amnis, is, m., *a river.*
ămor, ris, m., *love.*
amplius, adv.. comparative of amplus, *more.*
amplus, a, um, adj., *large, splendid.*
ampŭto, v. 1, *to cut off.*
ăn, anne, conj., *or, whether.*
anceps, cĭpĭtis, adj., *doubtful.* (ambocăpŭt.)
ancŏra, ae, f., *an anchor.*
angustĭae, ārum, f., *a strait, difficulty.*
angustus, i, um, adj., *narrow.*
ănĭma, ae, f., *breath, life, the soul.*
ănĭmal, ālis, n., *a living creature, animal.*
ănĭmo, v. 1, *to inspire.*
ănĭmus, i, m., *the soul, mind, courage, intention.*
annŭlus, i, m., *a ring.*
annus, i, m., *a year.*
annŭus, a, um, adj., *yearly.*
ansĕr, ĕris, m., *a goose.*
antĕ, prep., *before.*
antĕā, adv., *before, formerly.*
antĕhāc, adv., *previously.*
antĕquam, conj., *before that.*

antĕrĭor, ōris, adj., *fore, forward.*
antīquĭtus, adv., *anciently, of old.*
antīquus, a, um, adj., *ancient.*
antīstĕs, stitis, c., *a priest.*
antrorsum, adv., *in front.*
antrum, i, n., *a cave.*
ăpĕr, pri, m., *a wild boar.*
ăpĕrĭo, ŭi, ertum, v. 4, *to open.*
ăpertus, a, um, adj., *open.*
ăpis, is, f., *a bee.*
aplustre, is, n., *the taffrail of a vessel.*
appārĕo, ŭi, ĭtum, v. 2, *to become visible, appear.*
appello, pŭli, pulsum, v. 3, *to drive to, bring to land, touch at.*
appello, v. 1, *to address.*
applĭco, āvi *and* ŭi, ātum *and* ĭtum, v. 1, *to fasten, bring to.*
appōno, pŏsŭi, pŏsĭtum, v. 3, *to place beside, to serve up before.*
apprŏpinquo, v. 1, *to approach.*
ăpŭd, prep., *near, among, before.*
ăqua, ae, f., *water.*
ăquĭla, ae, f., *an eagle.*
āra, ae, f., *an altar.*
ărănĕus, i, m., *a spider.*
arbĭtror, ātus, v. 1, dep., *to think.*
arbŏr, ŏris, f., *a tree.*
arca, ae, f., *a chest.*
archĭtectus, i, m., *an architect.*
arcus, ūs, m., *a bow.*
ardĕo, rsi, rsum, v. 2, *to burn.*
ardŏr, ōris, m., *heat.*
ărēna, ae, f., *sand.*
argentum, i, n., *silver.*
arma, ōrum, n., *arms.*
armātus, i, m., *an armed man.* (armo.)
armĭgĕr, ĕră, ĕrum, adj., *weapon* or *armour-bearing.*
armiger, ĕri, m., *an armour-bearer.*
armilla, ae, f., *a bracelet.*
armo, v. 1, *to arm.*
ars, artis, f., *skill, art, profession.*
artē, adv., *closely.*
artĭcŭlus, i, m., *a joint.*
artĭfex, ĭcis, c., *an artisan.* (ars-fācĭo.)
artĭfĭcĭum, ii, n., *a contrivance.*
artus, a, um, adj., *close.*
artūs, ŭum, m., *the limbs.*
ărundo, ĭnis, f., *a reed.*
arvum, i, n., *an arable field.*
arx, arcis, f., *a citadel.*
ascendo, ndi, nsum, v. 3, *to mount up.* (ad-scando.)
ascisco, īvi, ĭtum, v. 3, *to adopt, admit.*
ăsĭnus, i, m., *an ass.*
aspectus, ūs, m., *a view, appearance.*
asphaltus, i, m., *bitumen.*
aspĭcĭo, ēxi, ectum, v. 3, *to behold.*

aspis, ĭdis, f., *a viper.*
asporto, v. 1, *to carry away.*
assentātio, onis, f., *flattery.*
asto, stĭti, v. 1, *to stand by.*
astragalus, i, m., *the ankle-bone.*
astrŭo, ūxi, ctum, v. 3, *to heap, build on.*
āt, conj., *but.*
atquĕ, conj., *and.*
ătrox, ōcis, adj., *fierce, savage, terrible.*
attĭnĕo, tĭnŭi, tentum, v. 2, *to reach to, refer to.*
attingo, tĭgi, tactum, v. 3, *to touch.* (ad-tango.)
attonĭtus, ă, um, part. (attono), *astonished, thunderstruck.*
attrăho, xi, ctum, v. 3, *to draw to.*
auctŏr, ōris, m., *an author, authority, instigator.*
auctōrĭtas, atis, f., *authority.*
audācĭa, ae, f., *boldness.*
audax, ācis, adj., *bold.*
audĕo, ausus, v. 2, *to dare.*
audĭo, īvi or ĭi, ītum, v. 4, *to hear.*
aufĕro, abstŭli, ablātum, auferre, v. 3, *to carry off, remove, take away, win.*
aufŭgĭo, fŭgi, v. 3, *to flee away.*
augĕo, auxi, auctum, v. 2, *to increase.*
aurĕus, a, um, adj., *golden.*
aurĭfĕrus, a, um, adj., *gold-bearing.*
auris, is, f., *an ear.*
aurum, i, n., *gold.*
auspĭcĭum, ĭi, n., *auspices, a sign, beginning.* (ăvis-spĭcĭo.)
aut, conj., or ; aut .. aut, *either .. or.*
autem, conj., *again, but, now.*
auxĭlĭum, ii, n., *help,* in plur. *auxiliary forces.*
ăvis, is, f., *a bird.*

Băcillus, i, n., *a small roll.*
barba, ae, f., *a beard.*
barbărus, a, um, adj., *barbarian.*
barbărus, i, m., *a barbarian.*
bĕātus, a, um, adj., *happy.*
bellātor, oris, m., *a warrior.*
bellĭcōsus, a, um, *warlike.*
bellĭcus, a, um, adj., *warlike, military.*
bellum, i, n., *war.*
bēlŭa, ae, f., *a beast, monster.*
bĕnĕ, adv., *well.*
bĕnignē, adv., *kindly.*
bestĭa, ae, f., *a beast.*
bĭbo, bĭbi, v. 3, *to drink.*
bĭceps, cĭpĭtis, adj., *with two heads.* (bĭs-căput.)
bĭfārĭam, adv., *in two parts, in two ways.*

bīni, ae, a, num., *two by two, two each.*

bĭpes, ĕdis, adj., *two-footed.*

bĭs, num. adv., *twice.*

bĭsulcus, a, um, adj., *cloven-footed.*

bōs, bŏvĭs, c., *an ox, bull, cow.*

bŏvīnus, a, um, adj., *of oxen.*

bracca, ae, f., *a pair of breeches.*

brĕvis, e, adj., *short.*

būbŭlus, a, um, adj., *of oxen.*

bustum, i, n., *a tomb.*

Căcumen, inis, n., *a summit.*

cădāver, ĕris, n., *a corpse, carcass.*

cădo, cĕcĭdi, cāsum, v. 3, *to fall.*

caecus, a, um, adj., *blind.*

caedes, is, f., *a slaughter.*

caedo, cecīdi, caesum, v. 3, *to cut, beat, kill.*

caelestis, e, adj., *heavenly.*

caelum, i, n., *the heavens.*

călămĭtas, ātis, f., *misfortune, damage.*

calcĕātus, a, um, part. (calcĕo), *wearing shoes, shod.*

calcĕus, i, m., *a shoe.*

călĭdus, a, um, adj., *hot.*

callĕo, v. 2, *to be practised, skilful in.*

callĭdus, a, um, adj., *shrewd, experienced.*

callis, is, m., *a path.*

călor, ōris, m., *heat.*

calvus, a, um, adj., *bald.*

cămēlus, i, m., *a camel.*

campus, i, m., *a plain.*

canālis, is, m., *a channel.*

candĭdus, a, um, adj., *white.*

cănis, is, c., *a dog.*

căno, cĕcīni, cantum, v. 3, *to sing, play.*

cantus, ūs, m., *a song, music.*

capesso, īvi, ītum, v. 3, *to seize, take to.*

căpillus, i, m., *a hair.*

căpio, cēpi, captum, v. 3, *to seize, take, charm.*

capripes, pĕdis, adj., *goat-footed.*

captīvus, a, um, adj., *prisoner.*

căpŭt, ĭtis, n., *a head.*

carcer, ĕris, m., *a prison,* in plur. *a starting-post.*

căriēs—no gen. dat. or plur., f., *rottenness.*

carmen, ĭnis, n., *a song.*

căro, carnis, f., *flesh.*

cārus, a, um, adj., *dear.*

căsĭa, ae, f., *cassia.*

castrum, i, n., *a fort,* in plur. *a camp.*

cāsus, ūs, m., *a falling, accident.* (cado.)

cauda, ae, f., *a tail.*

caussă, ae, f., *a reason, cause;* caussā, abl., *for the sake of.*

căvĕo, cavi, cautum, v. 2, *to guard against, beware, decree.*

căvus, a, um, adj., *hollow.*

cēdo, cessi, cessum, v. 3, *to go, withdraw, retreat, turn out.*

cĕlĕber, bris, bre, adj., *crowded, famous.*

cĕlĕbro, v. 1, *to frequent, praise.*

cĕlĕr, ĕris, e, adj., *swift.*

cĕlĕrĭtas, ātis, f., *swiftness.*

cĕlĕrĭtĕr, adv., *quickly.*

cēlo, v. 1, *to hide, keep secret.*

censeo, ŭi, censum, v. 2, *to think.*

centēsĭmus, a, um, num. adj., *hundredth.*

centum, num., *a hundred.*

cĕrébrŭm, i, n., *the brain.*

certāmen, inis, n., *a contest.*

certe, adv., *certainly, truly.*

certo, v. 1, *to strive.*

certo, adv., *with certainty.*

certus, a, um., adj., *fixed, appointed, certain.*

cervus, i, m., *a stag.*

cesso, v. 1, *to leave off, delay.*

cētĕrum, adv., *notwithstanding.*

cētĕrus, a, um, adj., *the rest.*

cĭbus, i, m., *food.*

cingo, xi, nctum, v. 3, *to surround.*

cingŭlum, i, n., *a belt.*

cinnămonĭum, i, n., *cinnamon.*

circā, adv. and prep., *around, about.*

circĭter, adv. and prep., *about, near.*

circŭitus, us, m., *a going round.*

circŭlus, i, m., *a circle.*

circum, adv. and prep., *around, about.*

circumcīdo, cīdi, cīsum, v. 3, *to cut around.* (circum-caedo.)

circumdo, dĕdi, dătum, v. 1, *to surround, wrap round.*

circumdūco, xi, ctum, v. 3, *to draw around, take round, carry about.*

circumĕo, īvi or ii, circŭitum, v. 4, *to go round.*

circumfĕro, tŭli, lātum, v. 3, irreg., *to carry around.*

circumlĭno, līvi or lĕvi, lĭtum, v. 3, *to besmear.*

circumnāvĭgo, v. 1, *to sail round.*

circumsĕdĕo, ēdi, essum, v. 2, *to blockade, surround.*

circumvĕhor, vectus, v. 3, dep., *to sail or ride round.*

circumvĕnĭo, vēni, ventum, v. 4, *to encompass, deceive, involve.*

cista, ae, f., *a box.*

cĭthăra, ae, f., *a lyre.*

cĭthărista, ae, m., *a player on the cithara, harper.*

cĭtō, adv., *quickly.*

cīvis, is, c., *a citizen.*

cīvĭtas, ătis, f., *a state.*

clādes, is, f., *defeat, slaughter.*

clam, adv. and prep., *secretly, without the knowledge of.*

clāmo, v. 1, *to call, shout.*

clāmor, ōris, m., *a shout.*

clārĭtas, ātis, f., *brightness, renown.*

clārus, a, um, adj., *bright, renowned.*

classis, is, f., *a fleet.*

claudo, si, sum, v. 3, *to shut.*

clāva, ae, f., *a club.*

clāvis, is, f., *a key.*

clĭpĕus, i, m., *a shield.*

coena, ae, f., *a supper.*

coeno, v. 1, *to sup.*

cŏĕo, īvi or ii, ĭtum, v. 4, *to come together.*

cŏèrcĭtor, ōris, m., *a ruler.*

cognosco, gnōvi, gnĭtum, v. 3, *to knew, recognise.*

cōgo, cōēgi, cŏactum, v. 3, *to compel, assemble, enrol.* (cum-ăgo.)

cŏhortor, v. 1, dep., *to exhort, encourage.*

collaudo, v. 1, *to praise greatly.* (cum-laudo.)

collĭgo, ēgi, ectum, v. 3, *to bring together, collect.*

collŏco, v. 1, *to place.*

collŏquĭum, ĭi, n., *a conversation, conference.*

collŏquor, cŭtus, v. 3, dep., *to converse.*

cŏlo, ŭi, cultum, v. 3, *to cultivate, attend to, worship.*

cŏlor, ōris, m., *colour.*

cŏlumna, ae, f., *a pillar.*

cŏma, ae, f., *hair.*

cŏmĕdo, ēdi, ēsum, v. 3, *to eat up, eat, devour.*

cŏmĕs, ĭtis, *a companion.* (cum, ĕo.)

cŏmĭnŭs, adv., *close at hand, at close quarters.* (cum-mănus.)

commĕātus, ūs, m., *supplies, provision, a carrying over.*

commemŏro, v. 1, *to relate, remember.*

commentrix, ĭcis, f., *a deviser.*

commercĭum, ĭi, n., *intercourse, trade.*

committo, mīsi, missum, v. 3, *to unite, begin, do, trust, intrust.*

commŏdum, i, n., *advantage, profit.*

commŏdus, a, um, adj., *advantageous.*

commŏveo, mōvi, mōtum, v. 2, *to disturb, move.*

commūnis, e, adj., *for common use, common, general.*

cōmo, mpsi, mptum, v. 3, *to adorn.*

compăro, v. 1, *to make ready, compare, obtain, prepare.*

compello, v. 1, *to address.*

compes, ĕdis, f., *a fetter.*

complĕo, ēvi, ētum, v. 2, *to fill up.*

comporto, v. 1, *to bring together, carry.*

compŏtātio, ōnis, f., *a drinking-bout.*

comprĕhendo, di, sum, v. 3, *to catch hold of, understand.*

concēdo, cessī, cessum, v. 3, *to go away, grant, retire.*

concerto, v. 1, *to contend, dispute.*

concĭdo, cĭdi, v. 3, *to fall down.* (cum-cădo.)

concĭdo, cĭdi, cīsum, v. 3, *to cut up.* (cum-caedo.)

concĭlĭum, i, n., *an assembly.*

concĭo, ōnis, f., *an assembly, speech.*

concĭto, v. 1, freq., *to stir up, rouse.*

concors, dis, adj., *agreeing, united.*

concrĕmo, v. 1, *to burn up.*

concresco, ēvi, ētum, v. 3, *to grow together, increase, harden.*

conculco, v. 1, *to trample on.*

concurro, curri, cursum, v. 3, *to run together.*

condemno, v. 1, *to condemn.*

condīmentum, i, n., *a seasoning.*

condĭo, īvi or ĭi, ĭtum, v. 4, *to pickle.*

condĭtĭo, ōnis, f., *an agreement, conditions.*

condo, dĭdi, dĭtum, v. 3, *to found, build, bury, hide.*

condūco, xi, ctum, v. 3, *to hire.*

confĕro, tŭli, collātum, v. 3, irreg., *to bring together; se conf., to betake one's-self.*

confestim, adv., *suddenly, at once.*

conficĭo, fēci, fectum, v. 3, *to make, bring about, accomplish, destroy.*

confīdo, fīdi, fisus, v. 3, *to trust in, believe.*

confirmo, v. 1, *to strengthen.*

confĭtĕor, fessus, v. 2, dep., *to acknowledge.*

conflīgo, xi, ctum, v. 3, *to fling together, fight.*

confŭgio, fūgi, v. 3, *to have recourse to, fly to.*

congĕro, gessi, gestum, v. 3, *to bring together, pile up.*

congrĕdĭor, gressus, *to come together, fight, meet, associate with.* (cum-grădior.)

congrĕgo, v. 1, *to assemble.*

coniĭcĭo, ĭēci, iectum, *to throw together,* throw. (cum-iăcĭo.)

coniūro, v. 1, *to conspire.*

cōnŏr, ātus, v. 1, dep., *to try.*

conscendo, di, sum, v. 3, *to embark,* mount.

conscrībo, psi, ptum, v. 3, *to enrol.*

consĕquor, sĕcūtus, v. 3, dep., *to follow after, obtain.*

consĕro, sĕrŭi, sertum, v. 3, *to join.*

consĭlĭum, ĭi, n., *a plan, advice.*

consōlor, v. 1, dep., *to soothe.*

conspectus, ūs, m., *a view, sight, presence.*

conspergo, si, sum, v. 3, *to sprinkle.*

conspĭcĭo, spexi, spectum, v. 3, *to behold.*

consterno, v. 1, *to dismay.*

constīpo, v. 1, *to press together, to crowd together.*

constĭtŭo, ŭi, ūtum, v. 3, *to put together, determine, place, appoint, settle.*

consto, stĭti, stātum, v. 1, *to stop, consist of. Impersonal,* constat, *it is well known.*

constringo, inxi, ictum, v. 3, *to bind together, restrain, catch.*

constrŭo, ūxi, uctum, v. 3, *to heap up, make.*

consuetūdo, ĭnis, f., *custom.*

consŭlo, sŭlŭi, sultum, v. 3, *to consult.*

consulto, adv., *on purpose.*

consūmo, sumpsi, sumptum, v. 3, *to use up, destroy.*

consurgo, surrexi, surrectum, v. 3, *to stand up, join in a rising.*

contemplor, v. 1, dep., *to look at, consider.*

contendo, di, tum, v. 3, *to hasten, strive.*

contentio, ōnis, f., *a struggle, dispute.*

contentus, a, um, adj., *content.*

contĭnĕo, ŭi, v. 2, *to hold together, restrain, contain.*

contĭnens, entis, part. (contĭnĕo), *bordering upon, as subst. the mainland.*

contingo, tĭgi, tactum, v. 3, *to touch, to happen to, come to pass.*

contĭnŭō, adv., *forthwith, immediately.*

contĭnŭus, a, um, adj., *holding together, successive.*

contrā, adv. and prep., *over, against, in reply.*

contrăho, xi, ctum, v. 3, *to bring together, form.*

contrārĭus, a, um, adj., *opposite.*

controversia, ae, f., *a dispute.*

contŭmēlĭa, ae, f., *an insult.*

contŭmēlĭōsus, a, um, adj., *insulting.*

convĕnĭo, vēni, ventum, v. 4, *to come together, to be agreed upon.*

converto, ti, sum, v. 3, *to turn to.*

convŏco, v. 1, *to call together.*

cŏŏpĕrĭo, rui, rtum, v. 4, *to cover up.*

cŏŏrĭor, ortus, v. 4, dep., *to arise, start.*

cōpĭa, ae, f., *plenty, quantity,* plur. *forces.*

cōpĭōsus, a, um, adj., *plentiful.*

cŏquo, xi, ctum, v. 3, *to cook.*

cŏquŭs, i, m., *a cook.*

cōram, adv. and prep., *in the presence of, face to face, before.*

corbis, is, f., *a basket.*

cŏrĭum, ii, n., *a hide.*

cornū, ūs, n., *a horn, wing (of an army).*

cornūtus, a, um, adj., *horned.*

cŏrōno, v. 1, *to crown.*

corpus, ŏris, n., *a body.*

corrĭpĭo, rĭpŭi, reptum, v. 3, *to seize.* (cum-răpĭo.)

corrumpo, rūpi, ruptum, *to bribe, destroy.*

cŏthurnus, i, m., *a buskin.*

crassĭtūdo, ĭnis, f., *thickness.*

crassus, a, um, adj., *thick.*

crātēr, ēris, m., *a bowl.*

crātis, is, f., *wickerwork, a hurdle.*

crēdo, dĭdi, dĭtum, v. 3, *to trust, believe.*

crĕmo, v. 1, *to burn.*

crēta, ae, f., *chalk.*

crīmen, ĭnis, n., *an accusation.*

crīnītus, a, um, adj., *long-haired.*

crŏcŏdīlus, i, m., *a crocodile.*

crūdēlis, e, adj., *cruel.*

crŭor, ōris, m., *blood.*

crūs, ūris, n., *a leg.*

crux, ŭcis, f., *a cross.*

cŭbĭtum, i, n., *the elbow, a cubit.*

cŭlex, ĭcis, m., *a mosquito.*

culter, tri, m., *a knife.*

cultūra, ae, f., *cultivation.*

cultus, ūs, m., *dress.*

cum, prep., *with.*

cunctus, a, um, adj., *all.*

cŭnĭcŭlus, i, m., *a mine.*

cŭpīdo, ĭnis, f., *desire.*

cŭpio, īvi or ĭi, ītum, v. 3, *to desire.*

cŭpĭdus, a, um, adj., *desirous.*

cur, adv., *why.*

cūra, ae, f., *care.*

cūria, ae, f., *a senate-house.*

curo, v. 1, *to care, attend to.*

currĭcŭlum, i, n., *a race, chariot.*

curro, cŭcurri, cursum, v. 3, *to run.*

currus, ūs, m., *a chariot.*
cursus, ūs, m., *a running, course.*
curvo, v. 1, *to bend.*
cuspis, Idis, f., *a point, weapon.*
custōdia, ae, f., *a watching, guard.*
custōdio, īvi or Ii, ītum, v. 4, *to watch, guard.*
custos, ōdis, c., *a keeper, watchman, guardian.*
cŭtis, is, f., *the skin.*
cymba, ae, f., *a boat.*

Damno, v. 1, *to condemn.*
damnum, i, n., *damage, loss.*
dē, prep., *down from, from, concerning, about.*
dĕa, ae, f., *a goddess.*
dĕalbo, v. 1, *to whiten.*
dĕbeo, ui, Itum, v. 2, *to owe, be bound, I ought.*
dĕcem, num., *ten.*
dĕcerno, crēvi, crētum, v. 3, *to decide, fight.*
dĕcerto, v. 1, *to fight out.*
dĕcĕt, cŭit, v. 2, *it is seemly, behoves.*
decIdo, cIdi, v. 2, *to fall down.* (de-cădo.)
dĕcImus, a, um, num. adj., *tenth.*
dĕcIpio, cēpi, ceptum, v. 3, *to deceive.*
dĕclāro, v. 1, *to reveal, declare.*
decumbo, cŭbui, v. 3, *to lie down, recline at table.*
dedIco, v. 1, *to dedicate, offer.*
dēdo, dIdi, dItum, v. 3, *to give up, surrender.*
defectio, ōnis, f., *a revolt.*
defendo, di, sum, v. 3, *to guard, protect.*
defĕro, tŭli, lātum, v. 3, irreg., *to bring down, report, bring to land.*
defIcio, fēci, fectum, v. 3, *to leave, revolt from, fail.* (de-fācio.)
defInio, īvi, ītum, v. 4, *to mark out.*
defluo, xi, xum, v. 3, *to flow down.*
defŏdio, fōdi, fossum, v. 3, *to dig deep, or up.*
deformis, e, adj., *ugly.*
deformItas, ātis, f., *ugliness.*
defungor, functus, v. 3, dep., *to finish, perform.*
deglūtio, v. 4, *to swallow up.*
dēgo, dēgi, v. 3, *to spend time, live.*
dĕin, or dĕin, adv., *then.*
deinceps, adv., *in turn, next.* (dein-cāpio.)
dĕinde or dĕinde, adv., *then, next, afterwards.*
delābor, v. 3, dep., *to slip, fall down.*
delecto, v. 1, *to please.*

dēlĕo, levi, letum, v. 2, *to blot out, destroy.* (de-lino.)
delibĕro, v. 1, *to reflect on, consult.*
delIgo, legi, lectum, v. 3, *to select, choose.*
delphin, īnis, m., *a dolphin.*
demitto, misi, missum, v. 3, *to let down, dismiss.*
demonstro, v. 1, *to show.*
dēmum, adv., *at length.*
dēnIque, adv., *at length, lastly.*
dens, tis, m., *a tooth.*
dēpascŏ, pāvi, pastum, v. 3, *to eat down, consume.*
depIlo, v. 1, *to pull out the hair.*
deplōro, v. 1, *to lament.*
depŏno, pŏsui, pŏsItum, v. 3, *to lay down.*
deprĕcŏr, v. 1, dep., *to beg, pray against.*
deprendo or deprĕhendo, di, sum, v. 3, *to lay hold of, find, catch.*
depugno, v. 1, *to fight out.*
derIdeo, rīsi, rīsum, v. 2, *to laugh at.*
derIvo, v. 1, *to divert.*
descendo, di, sum, v. 3, *to descend.*
desĕro, rŭi, rtum, v. 3. *to abandon, desert.*
desIlio, sĭlui, sultum, v. 4, *to leap down.*
desIno, sīvi or sIi, ītum, v. 3, *to abandon, cease.*
desIpIo, v. 3, *to be foolish.*
desisto, stIti, stItum, v. 3, *to desist from.*
despondeo, di, sum, v. 2, *to promise, betroth.*
destItŭo, ŭi, ūtum, v. 3, *to set down, abandon, deprive of.*
desum, fŭi, esse, v. irreg., *to be wanting.*
detergeo, si, sum, v. 2, *to wipe off, scrape off.*
detrăho, xi, ctum, v. 3, *to pull down, off.*
detrecto, v. 1, *to refuse, take away from.*
detrImentum, i, n., *loss.*
detrunco, v. 1, *to behead, lop off.*
dĕus, i, m., *a god.*
devĕho, xi, ctum, v. 3, *to carry down, take away.*
devInco, vici, victum, v. 3, *to conquer entirely.*
devŏro, v. 1, *to swallow down.*
dexter, tĕra, tĕrum, or tra, trum, adj., *on the right hand, propitious, right.*
dextĕra or dextra, ae, f., *the right hand.*
dīco, xi, ctum, v. 3, *to say.*
dictIto, v. 1, freq., *to say often, repeat.*
dictum, i, n., *a saying, word.*
dIes, ēi, c., *a day.*

differo, distŭli, dilātum, v. 3, *to scatter, put off, be different.*
diffĭcĭlis, e, adj., *difficult.*
dĭgĭtus, ī, m., *a finger.*
dignor, v. 1, *to deem worthy, deign.*
dignus, a, um, adj., *worthy.*
dĭgressus, ūs, m., *a going away.*
dīlĭgenter, adv., *carefully.*
dīmĭdĭātus, a, um, adj., *halved.*
dīmĭdĭum, ii, n., *the half.*
dīmĭnŭo, v. 2, *to destroy, lessen.*
dīmitto, mĭsi, missum, v. 3, *to send different ways, to abandon, dismiss.*
dīrae, arum, f., *curses.*
dĭrĭmo, ēmi, emptum, v. 3, *to separate, decide, disturb, destroy.*
dīrĭpĭo, ŭi, reptum, v. 3, *to tear to pieces, plunder.*
dīrus, a, um, adj., *awful.*
discēdo, cessi, cessum, v. 3, *to go away.*
disceptātĭo, ōnis, f., *a dispute, decision.*
discepto, v. 1, *to decide, discuss.*
discindo, scĭdi, scissum, v. 3, *to tear asunder, cut in two.*
discĭplīna, ae, f., *discipline, training.*
disco, dĭdĭci, v. 3, *to learn.*
discors, cordis, adj., *disagreeing, unlike.*
discrīmen, ĭnis, n., *a difference, turning-point, risk, contest.*
discumbo, cŭbŭi, cŭbĭtum, v. 3, *to recline at table, sit down.*
discurro, cŭcurri and curri, cursum, v. 3, *to run about.*
displĭceo, ŭi, ĭtum, v. 2, *to displease.*
dispōno, pŏsŭi, pŏsĭtum, v. 3, *to arrange, distribute.*
disrumpo, rūpi, ruptum, v. 3, *to break up.*
dissĕco, ŭi, ctum, v. 1, *to cut up, cut open.*
dissĭmŭlo, v. 1, *to dissemble, disguise.*
dissolvo, solvi, sŏlūtum, v. 3, *to separate, destroy.*
dissuādeo, si, sum, v. 2, *to dissuade, advise against.*
distorqueo, torsi, tortum, v. 2, *to turn different ways, twist.*
distrĭbuo, ŭi, ūtum, v. 3, *to divide.*
dītissĭmus, ă, um, adj., *richest.* (dives.)
dīto, v. 1, *to enrich.*
dĭū, adv., *for a long time.*
dĭurnus, a, um, adj., *of the day, daily.*
dīversus, a, um, adj., *different.*
dīves, ĭtis, adj., *rich.*
dīvĭdo, si, sum, v. 3, *to divide.*
dīvīnus, a, um, adj., *godlike, from the gods.*
dīvĭtĭae, arum, f., *riches.*

dō, dĕdi, dātum, v. 1, *to give.*
dŏcco, cŭi, ctum, v. 2, *to teach, show.*
dŏleo, ŭi, ĭtum, v. 2, *to suffer pain, grieve for.*
dŏlor, ōris, m., *grief.*
dŏlōsus, a, um, adj., *deceitful.*
dŏlus, i, m., *a trick.*
dŏmestĭcus, a, um, adj., *homely, domestic.*
dŏmi, *at home.*
dŏmĭnor, v. 1, dep., *to rule.*
dŏmĭnus, i, m., *a lord.*
dŏmŭs, ūs, f., *a house.*
dōnec, conj., *as long as, until.*
dōno, v. 1, *to present with, give.*
dōnum, i, n., *a gift.*
dorcas, ădis, f., *a gazelle.*
dormĭo, īvi or ĭi, ītum, v. 4, *to sleep.*
dorsum, i, n., *a back.*
drachma, ae, f., *a drachm (a small coin).*
drăma, ătis, n., *a play.*
dŭbĭto, v. 1, *to doubt.*
dŭcēni, ae, a, num. adj., *two hundred each.*
dŭcenti, ae, a, num. adj., *two hundred.*
dūco, xi, ctum, v. 3, *to lead, consider.*
dum, conj., *while, until.*
dŭo, ae, o, num., *two.*
duplex, ĭcis, adj., *double, crafty.*
duplo, adv., *by twice as much.*
dūrĭtĭes, ei, f., *hardness.*
dux, dŭcis, c., *a leader, guide.*

E, ex, prep., *out of, from, by.*
ēbrĭus, a, um, adj., *drunk.*
ēdīco, xi, ctum, v. 3, *to give out, proclaim.*
ēdictum, i, n., *a proclamation.*
ēdo, dĭdi, dĭtum, v. 3, *to utter, produce, commit, tell, do, give forth.*
ĕdo, ēdi, ēsum, v. 3, *to eat.*
ēdŏceo, cŭi, ctum, v. 2, *to teach thoroughly, train well.*
ēdŭco, v. 1, *to bring up.*
ēdūco, xi, ctum, v. 3, *to lead out, draw out.*
effātum, i, n., *a saying.* (e-fāri.)
effĕro, extŭli, ēlātum, v. irreg., *to bring forth, raise, bear to the grave.*
effervesco, fervi, v. 3, incep., *to boil up.*
effĭcĭo, fēci, fectum, v. 3, *to work out, complete, effect.*
effingo, finxi, fictum, v. 3, *to fashion.*
efflo, v. 1, *to breathe out.*
efflŭo, xi, v. 3, *to flow forth.*
effŏdĭo, fōdi, fossum, v. 3, *to dig out.*
effŭgĭo, fūgi, v. 3, *to escape.*
effulgeo, si, v. 2, *to shine forth.*

effundo, fūdi, fūsum, *to pour forth, scatter.*
ĕgĕo, ŭi, v. 2, *to need, suffer want.*
ĕgŏ, pron., *I.*
ēgrĕdĭor, gressus, v. 3, dep., *to go or come out, land.*
ēĭcĭo, iēci, iectum, v. 3, *to throw out, cast up, expel.*
ēlābor, lapsus, v. 3, dep., *to slip away.*
ĕlĕphantus, i, m., *an elephant.*
ēlĭgo, lēgi, lectum, v. 3, *to pick out, choose.*
ēmergo, si, sum, v. 3, *to come up.*
ēmētĭor, mensus, v. 4, dep., *to measure out, traverse.*
ēmĭnĕo, ŭi, v. 2, *to stand out, project, be conspicuous.*
ēmĭnŭs, adv., *from a distance.* (e-mănus.)
ēmitto, misi, missum, v. 3, *to send forth.*
ēmo, ēmi, emptum, v. 3, *to buy.*
ēnascor, ātus, v. 3, dep., *to be born, grow out of.*
ĕnim, conj., *for.*
ĕō, adv., *thither.*
ĕo, īvi or ii, ĭtum, v. 4, *to go.*
ephŏrus, i, m., *a Spartan magistrate, an ephor.*
ĕpŭlac, arum, f., *a feast.*
ĕpŭlor, v. 1, dep., *to feast.*
ĕqua, ae, f., *a mare.*
ĕquĕs, ĭtis, m., *a horseman.*
ĕquestĕr, tris, tre, adj., *cavalry.*
ĕquĭdem, adv., *truly.*
ĕquīnus, a, um, adj., *of horses.*
ĕquĭtātus, us, m., *cavalry.*
ĕquus, i, m., *a horse.*
ergā, prep., *towards.*
ergo, adv., *wherefore, therefore.*
ĕrigo, rexi, rectum, v. 3, *to raise up, rear, excite.*
ēripĭo, rĭpŭi, reptum, v. 3, *to snatch away.*
error, ōris, m., *a wandering, mistake.*
ērumpo, rūpi, ruptum, v. 3, *to burst forth.*
esca, ae, f., *a bait.*
escŭlentus, a, um, adj., *edible, good for food.*
essedārĭus, i, m., *a charioteer.*
et, conj., *and, both, also, even.*
ĕtĕnim, conj., *for.*
ĕtĭam, conj., *also, too.*
ēvādo, si, sum, v. 3, *to turn out, to escape from.*
ēvānesco, nŭi, v. 3, incep., *to disappear.*
ēvĕho, vexi, vectum, v. 3, *to carry out.*

eventus, ūs, m., *a result, event.*
everto, ti, sum, v. 3, *to overthrow.*
ēvŏco, v. 1, *to call out.*
ēvŏlo, v. 1, *to fly forth, fly away.*
exāmen, ĭnis, n., *a swarm.* (ex-agmen.)
exaudio, īvi or ĭi, ĭtum, v. 4, *to hear plainly.*
excēdo, cessi, cessum, v. 3, *to go out.*
excĭdĭum, i, n., *destruction.* (ex-caedo.)
excĭdo, cĭdi, v. 3, *to fall out, lose.* (ex-cădo.)
excĭdo, cĭdi, cīsum, v. 3, *to cut out or off.* (ex-caedo.)
excĭpio, cēpi, ceptum, v. 3, *to except, succeed, receive, take up.* (ex-căpio.)
excĭto, v. 1, *to bring out, raise, arouse.*
exclāmo, v. 1, *to call out.*
exclūdo, si, sum, v. 3, *to shut out, hatch, prevent.* (ex-claudo.)
excōgĭto, v. 1, *to think out, plan.*
excŏrio, v. 1, *to skin.*
excŭtĭo, cussi, cussum, v. 3, *to shake out or off, pull off.*
exĕdra, ae, f., *a hall.*
exemplum, i, n., *an example.*
exeo, īvi or ĭi, ĭtum, v. 3, *to come or go out, perish, to be fulfilled.*
exercĕo, ŭi, ĭtum, v. 2, *to work thoroughly, drill, practise.*
exercĭtātio, ōnis, f., *exercise, practice.*
exercĭtus, ūs, m., *an army.*
exhaurio, hausi, haustum, v. 4, *to draw out, empty, undergo.*
exhĭbeo, ŭi, ĭtum, v. 2, *to hold out, display, exercise, hold.* (ex-hăbeo.)
exĭgo, ēgi, actum, v. 3, *to complete, drive away.*
exĭgŭus, a, um, adj., *small.*
exĭmĭus, a, um, adj., *splendid.*
exĭmo, ēmi, emptum, v. 3, *to take away, exempt.*
exindĕ, adv., *thence, after that, therefore.*
existĭmo, v. 1, *to think.*
exĭtĭum, ii, n., *ruin.*
exĭtus, ūs, m., *a going out, result.*
expĕdītio, ōnis, f., *an enterprise, campaign.*
expello, pŭli, pulsum, v. 3, *to drive out.*
expergĕfăcio, fēci, factum, v. 3, *to awaken.*
expergiscor, perrectus, v. 3, dep., *to awake.*
expĭo, v. 1, *to make satisfaction, to purify, atone for.*
expleo, ēvi, etum, v. 2, *to fill up, fulfil.*
explĭco, v. 1, *to unfold, deploy.*
explōro, v. 1, *to search out, ascertain.*

expŏno, pŏsŭi, pŏsĭtum, v. 3, *to set out, display, disembark, land, expose, explain.*
exporto, v. 1, *to carry out.*
exprobrātio, ōnis, f., *an upbraiding, rebuke.*
exprŏbro, v. 1, *to upbraid.*
expugnātio, ōnis, f., *a storming.*
expugno, v. 1, *to take by storm.*
expurgo, v. 1, *to clean out, purify.*
exsĕquor, cūtus, v. 3, dep., *to follow to the end, carry out.*
exsĭlĭo, sĭlŭi, v. 4, *to start out or up.*
exsisto, stĭti, stĭtum, v. 3, *to come forth, be visible, appear.*
exspecto, v. 1, *to await, wait.*
exspŏlio, v. 1, *to plunder thoroughly.*
exstinguo, nxi, nctum, v. 3, *to put out.*
exsto, v. 1, *to stand out, be visible.*
exsŭl, ŭlis, c., *a banished person.*
exsŭlo, v. 1, *to live in banishment.*
exta, orum, n., *the entrails.*
extendo, di, tum, *and* sum, v. 3, *to spread out, stretch.*
exterreo, ŭi, ĭtum, v. 2, *to frighten thoroughly.*
extĕrior, comparative of exterus.
extĕrus, a, um, adj., *on the outside.*
extra, adv. and prep., *without, beyond.*
extrăho, xi, ctum, v. 3, *to draw out, release, prolong.*
extrēmus, a, um, adj., *last, furthest* (superlative of extĕrus); ad extremum, *at last.*
extrorsus, adv., *outside.*

Făba, ae, f., *a bean.*
făber, bri, m., *a smith, carpenter.*
făcĭes, ei, f., *a face.*
făcĭlē, adv., *easily.*
făcĭlis, e, adj., *easy.*
făcĭnus, oris, n., *a deed, crime.*
făcĭo, fēci, factum, v. 3, *to make, do, offer;* magni făcĕrĕ, *to value highly.*
factum, i, n., *a deed.*
faex, faecis, f., *dregs.*
falx, falcis, f., *a sickle, bill.*
făma, ae, f., *a report, story, fame.*
fămes, is, f., *hunger.*
fămĭlia, ae, f., *a family.*
fămĭlĭaris, e, adj., *domestic, intimate, private.*
fămŭlus, i, m., *a slave.*
făs, n., indeclinable, *right.*
fastus, ūs, m., *pride.*
fātĭdĭcus, a, um, adj., *prophetic.*
faustus, a, um, adj., *propitious, favourable.* (făveo.)

faux, *usually in plur.,* fauces, ium, f., *the throat, a pass.*
făveo, făvi, fautum, v. 2, *to favour.*
făvus, i, m., *a honey-comb.*
fēcundus, a, um, adj., *fruitful.*
fēlīcĭtas, atis, f., *happiness.*
fēlĭcĭter, adv., *happily.*
fēles, is, f., *a cat.*
fēlix, icis, adj., *happy.*
fēmĭna, ae, f., *a woman, female.*
fēmur, ŏris, n., *the thigh.*
fēra, ae, f., *a wild animal.*
fērē, adv., *nearly, usually.*
fĕrĭo, v. 4, *to strike.*
fĕro, tūli, lātum, v. 3, irreg., *to bear, report, lead.*
ferreus, a, um, adj., *iron.*
ferrum, i. n., *iron.*
fĕrus, a, um, adj., *wild.*
ferveo, vŭi, v. 2, *to boil.*
fervens, tis, part. (ferveo), *burning hot.*
fīcus, i., f., *a fig-tree.*
fĭdes, ei, f., *trust, promise, honour.*
fĭdēlis, e, adj., *faithful.*
fĭgūra, ae, f., *a shape.*
fīlia, ae, f., *a daughter.*
fīlĭŏla, ae, f., *a little daughter.*
fīlius, i or ii, m., *a son.*
fīnis, is, m., *an end, boundary,* plur. *territory.*
fīnĭtĭmus, a, um., adj., *bordering on, neighbouring,* as subst. *a neighbour.*
fīo, factus sum, fĭeri, v. 3, dep., *to become, happen, be made, be done.*
firmissĭme, adv. (firmus), *most securely.*
firmus, a, um, adj., *steadfast, immovable.*
flāgĭto, v. 1, freq., *to ask often.*
flăgĕllum, i, n., *a whip.*
flăgrum, i, n., *a whip.*
flamma, ae, f., *flame, fire.*
flōreo, ŭi, v. 2, *to bloom, flourish.*
flūmen, ĭnis, n., *a river.*
flŭo, xi, xum, v. 3, *to flow.*
flŭvius, ii, m., *a river.*
fŏdio, fŏdi, fossum, v. 3, *to dig.*
foedus, ĕris, n., *a treaty.*
fŏr, fātus, v. 1, dep., *to speak.*
fŏres, um, f., *a door.*
forma, ae, f., *shape, beauty.*
formīca, ae, f., *an ant.*
formŭōsus, a, um, adj., *beautiful.*
forte, adv., *by chance.*
fortis, e, adj., *strong, brave.*
fortĭter, adv., *bravely.*
fortĭtūdo, ĭnis, f., *courage.*
fortūna, ae, f., *fortune.*
fŏrum, i, n., *a market-place.*
fossa, ae, f., *a ditch.*
frăgor, ōris, m., *a crash.*

frango, frēgi, fractum, v. 3, *to break, wreck.*
frāter, tris, m., *a brother.*
frēnum, i, n., *a bit, reins.*
fructus, ūs, m., *produce, fruit.*
frūmentum, i, n., *corn.*
frŭor, fructus *and* frŭitus, v. 3, dep., *to enjoy.*
frustrā, adv., *in vain.*
frustro, v. 1, *to disappoint.*
frustum, i, n., *a morsel, joint.*
frŭtĭcētum, i, n., *a shrubbery.*
fŭga, ae, f , *flight.*
fŭgĭo, fŭgī, fŭgĭtum, v. 3, *to fly, escape, flee from, avoid.*
fŭgo, v. 1, *to put to flight.*
fulmen, ĭnis, n., *a thunderbolt.*
fūmus, i, m., *smoke.*
fūnālis, e, adj., *attached to a cord.*
fundo, fūdi, fūsum, v. 3, *to pour, defeat, shed.*
fungor, functus, v. 3, dep., *to perform; fato, fungi, to meet one's end.*
fūnis, is, m., *a rope.*
fūnŭs, ĕris, n., *a funeral, death.*
fūr, fūris, c., *a thief.*
fŭro, ui, v. 3, *to be mad, to rage.*
fŭror, ōris, m., *madness.*

Gaudeo, gāvīsus, v. 2, dep., *to rejoice.*
gĕmellus, a, um, adj., *twin,* subst. *a twin.*
gĕmĭtus, ūs, m., *a groaning.*
gĕmo, ui, ĭtum, v. 3, *to groan.*
gĕna, ae, f., *the cheek.*
gĕnĕr, ĕri, m., *a son-in-law.*
gĕnĕrātio, onis, f., *a generation.*
gens, gentis, f., *a race.*
gĕnu, ūs, n., *a knee.*
gĕnŭs, ĕris, n., *descent, race, kind.*
gĕro, gessi, gestum, v. 3, *to carry on, do.*
gestĭcŭlor, v. 1, dep., *to act in pantomime.*
gesto, v. 1, freq., *to carry, wear.*
gĭgas, antis, m., *a giant.*
glădĭus, ii, m., *a sword.*
glōrĭa, ae, f., *renown, glory.*
gnārus, a, um, adj., *skilled.*
grădĭor, gressus, v. 3, dep., *to go.*
grandis, e, adj., *large;* g. natu, *old.*
grānum, i, n., *a grain, seed.*
grassor, v. 1, dep., *to go about, to rage.*
grātĭfĭcor, v. 1, dep., *to please.*
grātĭa, ae, f., *gratitude.*
grātis, adv., *for nothing.*
grăvis, e, adj., *heavy, unpleasant, severe.*
grăvĭter, *heavily, severely;* g. ferre, *to be angry.*

grūs, grŭis, c., *a crane.*
grȳps, grȳphis, m., *a griffin.*
gȳmnăsĭum, ii, n., *a gymnasium, school.*
gymnāstĭcus, a, um, adj., *gymnastic.*

Hăbeo, ui, ĭtum, v. 2, *to have, hold.*
hăbĭto, v. 1, *to inhabit.*
hăbĭtus, ūs, m., *appearance, dress.*
hactĕnŭs, adv., *so far.*
haereo, haesi, haesum, v. 2, *to stick.*
hāmus, i, m., *a hook.*
hăruspex, ĭcis, m., *a soothsayer.*
hasta, ae, f., *a spear.*
haud, adv., *not.*
haurio, hausi, haustum, v. 4, *to draw, drain.*
hērōs, ōis, m., *a hero.*
hiātus, ūs, m., *an opening.*
hībernus, a, um, adj., *wintry, winter.*
hic, adv., *here.*
hic, haec, hoc, pron., *this;* hic . . . ille, *latter . . . former.*
hicce, haecce, hocce, pron., *this.*
hĭems, ĕmis, f., *the winter.*
Hĭlōta, ae, m., *a Helot.*
hinc, adv., *hence.*
hĭo, v. 1, *to gape.*
hippŏpŏtamus, i, *the hippopotamus.*
hĭrūdo, ĭnis, f., *a leech.*
hŏdĭē, adv., *to-day.*
hŏmo, ĭnis, c., *a human being, man.*
hŏnestus, a, um, adj., *honourable.*
hŏnŏr, ōris, m., *glory, respect,* plur. *honours.*
hŏnōro, v. 1, *to pay respect to.*
hŏnōrātus, a, um, part., *respected.*
hōra, ae, f., *an hour.*
horror, ōris, m., *terror.*
hortor, v. 1, dep., *to exhort.*
hospes, ĭtis, c., *a guest, host, stranger.*
hospĭtĭum, ii, n., *hospitality, friendship.*
hostĭa, ae, f., *a victim.*
hostīlis, e, adj., *hostile.*
hostis, is, c., *an enemy.*
hūc, adv., *hither.*
huiusmŏdi, *of this kind.*
hŭmĕrus, i, m., *the shoulder.*
hŭmo, v. 1, *to bury.*
hūmŏr, ōris, m., *moisture.*
hŭmus, i. f., *the ground.*
hȳdra, ae, f., *a water-snake.*

Iăceo, cui, cĭtum, v. 2, *to lie.*
iactātor, ōris, m., *a boaster.*
iactūra, ae, f., *loss, a throwing overboard.*
iactus, ūs, m., *a cast.*
iăcŭlum, i, n., *a javelin.*

iam, adv., *now, already.*
iānĭtor, ōris, m., *a gaoler, doorkeeper.*
iānŭa, ae, f., *a door.*
ĭbī, adv., *there, thereupon.*
ĭbĭdem, adv., *in the same place.*
ībis, is, *and* ĭdis, f., *the ibis.*
ichneumon, ŏnis, m., *the ichneumon.*
īco, īci, ictum, v. 3, *to strike.*
ĭdem, ĕădem, ĭdem, pron., *the same.*
ĭdōnĕus, a, um, adj., *proper, suitable.*
ĭgĭtur, adv., *therefore.*
ignārus, a, um, adj., *ignorant.*
ignis, is, m., *fire.*
ignōro, v. 1, *to be ignorant of.*
īgnosco, nōvi, nōtum, v. 3, *to pardon.*
ignōtus, a, um, adj., *unknown.*
illaesus, a, um, adj., *unhurt.*
ille, a, illud, pron., *he, she, it, that.*
illīdo, si, sum, v. 3, *to dash against.* (in-laedo.)
illūcesco, luxi, v. 3, incep., *to grow light, dawn.*
illustris, e, adj., *distinguished.*
imbĕr, bris, m., *rain.*
immānis, e, adj., *huge, savage.*
immensus, a, um, adj., *huge.* (in-metior.)
immĭneo, v. 2, *to overhang.*
immŏlo, v. 1, *to sacrifice.*
immortālis, e, adj., *immortal.*
immōtus, a, um, adj., *immovable, unmoved.*
impătiens, entis, adj., *impatient.*
impĕdĭmentum, i, n., *an obstacle;* in plur., *baggage.*
impĕdio, īvi *or* ĭi, ĭtum, v. 4, *to hinder.*
impĕrātor, oris, m., *a general.*
impĕrĭum, ii, n., *command, rule, empire.*
impĕro, v. 1, *to order, command.*
impĕtro, v. 1, *to obtain by asking.*
impĕtus, ūs, m., *a charge, force, attack.*
impingo, pēgi, pactum, v. 3, *to dash against, fix.*
implĭco, v. 1, *to entangle.*
impōno, pŏsŭi, pŏsĭtum, v. 3, *to place upon.*
importo, v. 1, *to bring in.*
imprŏvīsus, a, um, adj., *unexpected.*
imprŭdens, entis, adj., *unaware.* (in-providens.)
impŭdens, entis, adj., *shameless.*
impūnē, adv., *safely, with impunity.* (in-pūnio.)
īmus, a, um, adj., *bottom, lowest.* See inferus.
in, prep., *in, into, against.*
īnaures, ium, f., *earrings.*
īnauro, v. 1, *to gild.*

incēdo, cessi, cessum, v. 3, *to march, advance.*
incendium, ii, n., *a burning.*
incendo, di, sum, v. 3, *to kindle, burn.*
inceptum, i, n., *an undertaking.*
incertus, a, um, adj., *uncertain.*
incīdo, cīdi, cāsum, v. 3, *to fall upon, happen, occur, fall in with.*
incĭpio, cēpi, ceptum, v. 3, *to begin.*
inclūdo, si, sum, v. 3, *to shut in.* (in-claudo.)
incŏla, ae, c., *an inhabitant.*
incŏlo, lui, v. 3, *to inhabit.*
incŏlŭmis, e, adj., *safe, healthy.*
incrēdĭbĭlis, e, adj., *incredible.*
incrĕpo, ŭi, ĭtum, v. 1, *to reproach.*
incurro, curri, cursum, v. 3, *to rush upon, fall into, incur.*
incŭtio, cussi, cussum, v. 3, *to strike upon, produce, inspire with.*
indāgo, v. 1, *to trace.*
inde, adv., *thence.*
indĭco, v. 1, *to point out.*
indĭgĕna, ae, adj., *native.*
indĭgĕna, ae, m., *a native.*
indignor, v. 1, dep., *to consider unworthy, to be angry.*
indignus, a, um, adj., *unworthy.*
indŏles, is, f., *disposition.*
indūco, xi, ctum, v. 3, *to induce.*
indŭo, ui, ūtum, v. 3, *to put on, dress.*
industria, ae, f., *diligence.*
ĭnēbrĭātus, a, um, part. (inēbrio), *drunken.*
ĭneo, īvi *and* ĭi, ĭtum, v. 4, *to enter, adopt, commence.*
infēlix, icis, adj., *unhappy, unfortunate.*
infensus, a, um, adj., *hostile.*
infercio, si, sum, v. 4, *to stuff into.* (in-farcio.)
infĕrĭor, us, adj., *lower, inferior.* (inferus.)
infĕri, orum, m., *the gods below.*
infĕro, intŭli, illātum, v. irreg., *to bring in, wage, inflict.*
infĕrus, a, um, adj., *low.*
inflīgo, īxi, ictum, v. 3, *to strike upon, inflict.*
infundo, fūdi, fūsum, v. 3, *to pour in.*
ingĕnĭum, ii, n., *disposition, talents, intellect.*
ingens, tis, adj., *immense, great.*
ingĕro, gessi, gestum, v. 3, *to carry in, heap on.*
ingrĕdior, gressus, v. 3, dep., *to enter, come upon, commence.*
ingrŭo, ŭi, v. 3, *to assail, come on.*
inhŏnestus, a, um, adj., *dishonourable.*

inĭicio, iēci, ectum, v. 3, *to throw in, inspire.* (in-iăcio.)

ĭnĭmīcus, a, um, adj. *hostile,* subst. *an enemy.*

ĭnīquus, a, um, adj., *disadvantageous, unfair.* (in-aequus.)

ĭnĭtium, ii, n., *a beginning.*

iniūria, ae, f., *a hurt, injury.*

iniūrĭōsus, a, um, f., *wrongful, hurtful.*

iniustus, a, um, adj., *unfair.*

innītor, nixus, v. 3, dep., *to rest upon.*

innŭmĕrābĭlis, e, adj., *countless.*

inquam, v. defect., *to say.*

insānus, a, um, adj., *mad.*

insĕquor, cūtus, v. 3, dep., *to follow.*

insĕro, sĕrŭi, sertum, v. 3, *to introduce, fasten.*

insĕro, sēvi, sĭtum, v. 3, *to implant, ingraft.*

insĭdior, v. 1, dep., *to lie in wait for.*

insĭlio, ŭi, v. 4, *to leap into.*

insĭnuo, v. 1, *to wind one's way into.*

insisto, stĭti, v. 3, *to enter upon, pursue.*

insomnis, e, adj., *sleepless.*

insomnĭum, ii, n., *a dream, vision.*

inspĭcio, ēxi, ectum, v. 3, *to examine.*

insterno, strāvi, strātum, v. 3, *to spread upon, strew, lay on.*

instinctus, us, m., *an impulse.*

instĭtūtum, i, n., *an ordinance, custom.*

instĭtŭo, ŭi, ūtum, v. 3, *to begin, ordain, practise.*

insto, stĭti, v. 1, *to approach, attack, beg earnestly, urge, insist, impend.*

instrūmentum, i, n., *a tool.*

instrŭo, xi, ctum, v. 3, *to draw up, equip, provide with, prepare, load.*

insŭla, ae, f., *an island.*

insum, v. irreg., *to be in.*

insŭpĕr, adv., *moreover, above.*

insŭpĕrābĭlis, e, adj., *unconquerable.*

insurgo, surrexi, surrectum, v. 3, *to rise upon, revolt.*

insurrectio, ōnis, f., *a rising.*

intactus, a, um, adj., *untouched.*

intĕgĕr, gra, grum, adj., *whole, unhurt.*

intellĭgo, lexi, lectum, v. 3, *to perceive, understand.*

inter, prep., *between, among.*

intercēdo, cessi, cessum, v. 3, *to go or come between, interfere with.*

intercĭpio, cēpi, ceptum, v. 3, *to cut off.*

interdĭu, adv., *by day.*

interdum, adv., *sometimes.*

intĕrĕā, adv., *meanwhile.*

intĕreo, īvi or ii, ĭtum, v. 4, *to expire, perish.*

interfĭcio, fēci, fectum, v. 3, *to kill.*

interiicio, iēci, iectum, v. 3, *to throw between, interpose.* (inter-iăcio.)

intĕrim, adv., *meanwhile.*

intĕrĭmo, ēmi, emptum, or emtum, v. 3, *to destroy.*

intermitto, mīsi, missum, v. 3, *to put between, suffer to elapse, lay aside.*

internosco, nōvi, nōtum, v. 3, *to discern, distinguish.*

interpōno, pŏsui, pŏsĭtum, v. 3, *to place between.*

interprĕs, ĕtis, c., *an interpreter.*

interprĕtātio, ōnis, f., *an explanation, interpretation.*

interprĕtor, v. 1, *to explain.*

interrŏgo, v. 1, *to question, inquire.*

intervallum, i, n., *a space between, interval.*

intervĕnio, vēni, ventum, v. 4, *to come between, come in.*

intrā, adv. and prep., *within.*

intro, v. 1, *to enter.*

intrōdūco, xi, ctum, v. 3, *to lead or bring in.*

intrŏeo, īvi or ii, ĭtum, v. 4, *to enter.*

intrŏĭtus, ūs, m., *an entry.*

introrsus, adv., *within, inwards.*

intus, adv., *within.*

ĭnungo, nxi, nctum, v. 3, *to anoint, smear.*

ĭnūro, ussi, ustum, v. 3, *to burn in.*

invādo, si, sum, v. 3, *to enter, attack.*

invĕnio, vēni, ventum, v. 4, *to find.*

invĭcem, adv., *in turn.*

invictus, a, um, adj., *unconquered.*

invĭdus, a, um, adj. *envious.*

invīto, v. 1, *to entertain, summon.*

invītus, a, um, adj., *unwilling.*

ipse, a, um, pron., *himself, herself, itself.*

ĭra, ae, f., *anger.*

īrascor, īrātus, v. 3, dep., *to be angry.*

irrīdeo, rīsi, rīsum, v. 3, *to laugh at.*

irrumpo, rūpi, ruptum, v. 3, *to break into.*

irrŭo, ui, v. 3, *to charge.*

ĭs, ea, ĭd, pron., *he, she, it.*

iste, a, ad, pron., *that, yonder.*

isthmus, i, m., *an isthmus.*

ĭtă, adv., *thus.*

ĭtăque, conj., *and so, therefore.*

ĭtem, adv., *just so, also.*

ĭtĕr, ĭtĭnĕris, n., *a journey, way.*

ĭtĕrum, adv., *again, a second time.*

iŭba, ae, f., *a mane.*

iŭbeo, iussi, isssum, v. 2, *to order.*

iūdex, ĭcis, m., *a judge.*

iūdĭco, v. 1, *to judge, think.*

iŭgŭlo, v. 1, *to slay.*

iŭgum, i, n., *a yoke.*

iŭmentum, i, n., *a beast of burden.*
iungo, nxi, nctum, v. 3, *to join, cross, yoke.*
iŭnior, us, adj. (iuvenis), *younger.*
iūs, iūris, n., *broth, juice.*
iŭs, iūris, n., *law, right, court of justice.*
iusiūrandum, iurisiūrandi, n., *an oath.*
iŭvĕnis, is, m., *a youth, a young man.*

Lăbo, v. 1, *to totter.*
lābor, psus, v. 3, dep., *to glide, fall.*
lăbor, ōris, m., *toil.*
labōro, v. 1, *to suffer.*
lăc, lactīs, n., *milk.*
lăcer, ĕra, ĕrum, adj., *torn.*
lăcĕro, v. 1, *to tear, assail, mutilate.*
lăcerta, ae, f., *a lizard.*
lăcesso, īvi *or* īi, ītum, v. 3, *to provoke, excite, infest.*
lacrĭma, ae, f., *a tear.*
lăcus, ūs, m., *a lake.*
laedo, si, sum, v. 3, *to injure, wound.*
laevus, a, um, adj., *left, unlucky.*
lāmentum, i, n., *a lamentation.*
lāna, ae, f., *wool.*
lancea, ae, f., *a spear.*
lăpĭdeus, a, um, adj., *of stone.*
lăpis, ĭdis, m., *a stone.*
lăquĕus, i, m., *a noose, snare.*
largus, a, um, adj., *great, abundant.*
lătĕo, ŭi, v. 2, *to lie concealed.*
lătro, ōnis, m., *a robber, pirate.*
lătus, ĕris, n., *the side.*
lātus, a, um, adj., *broad.*
laudo, v. 1, *to praise.*
laus, dis, f., *praise.*
lautus, a, um, adj., *dainty.* (lăvo.)
lăvo, lāvi, lōtum, v. 1, *to wash.*
lēbes, ĕtis, m., *a kettle.*
lectŭlus, i, m., *a couch.*
lēgātus, i, m., *an ambassador, envoy.*
lĕgo, lēgi, lectum, v. 3, *to choose, read.*
lēnis, e, adj., *gentle.*
lĕo, ōnis, m., *a lion.*
lĕpŭs, ŏris, m., *a hare.*
lex, lēgis, f., *a law.*
lībāmen, ĭnis, n., *an offering.*
līber, ĕra, ĕrum, adj., *free.*
lībĕrālis, e, adj., *generous.*
lībĕri, ōrum, m., *children.*
lībĕro, v. 1, *to set free.*
lībertas, ātis, f., *freedom.*
līcĕt, ŭit, v. 2, impers., *it is lawful.*
ligneus, a, um, adj., *wooden.*
lignum, i, n., *a log.*
lingo, nxi, nctum, v. 3, *to lick up.*
linguă, ae, f., *the tongue.*
līnum, i, n., *flax.*

liquŏr, ōris, m., *liquor.*
lītĕra, ae, f., *a letter of the alphabet,* in plur. *a letter.*
līto, v. 1, *to obtain favourable auspices, sacrifice.*
lītus, ŏris, n., *the shore.*
lŏco, v. 1, *to place.*
lŏcus, i, m., *a place.*
longē, adv., *far off, by far, long.*
longitūdo, ĭnis, f., *length.*
longus, ă, um, adj., *long.*
lŏquor, lŏcūtus sum, v. 3, dep., *to speak.*
lōrīca, ae, f., *a breastplate.*
lŭbens, part. (lĭbĕt), *willing.*
lŭbenter, adv., *willingly.*
lŭcerna, ae, f., *a lamp.*
lŭctus, ūs, m., *grief, mourning.*
lūcus, i, m., *a grove.*
lūdo, si, sum, v. 3, *to play.*
lūdus, i, *play,* in plur. *public games.*
lumbus, i, m., *the loins.*
lūna, ae, f., *the moon.*
lŭpus, i, m., *a wolf.*
lustro, v. 1, *to review.*
lŭtum, i, n., *mud.*
lux, ūcis, f., *light.*
luxo, v. 1, *to dislocate.*

Măcĕria, ae, f., *a stone wall.*
machĭna, ae, f., *a machine, contrivance.*
machĭnamentum, i, n., *a contrivance.*
machĭnor, v. 1, dep., *to contrive, invent, plot.*
macto, v. 1, *to slay.*
maereo, v. 2, *to mourn.*
măgis, adv., *more.*
magnĭfĭce, adv., *splendidly.*
magnĭfĭcentia, ae, f., *splendour.*
magnĭfĭcus, a, um, *splendid.*
magnĭtūdo, ĭnis, f., *size.*
magnŏpere, adv., *greatly.*
magnus, a, um, adj., *great.*
măgus, i, m., *a Magian.*
māior, us, adj., *greater, elder.*
măle, adv., *badly.*
malĕdictum, i, n., *abuse.*
malĕfactum, i, n., *a crime.*
malĕfĭcus, a, um, adj., *wicked, noxious.*
mālo, mălŭi, malle, v. irreg., *to wish rather, prefer.* (măgis-vŏlo.)
mālum, i, n., *an apple, fruit.*
mălum, i, n., *an evil, mischief.*
mālum pūnĭcum, i, n., *the pomegranate.*
mălus, a, um, adj., *bad.*
mancĭpĭum, ii, n., *a slave, property.* (manus-capio.)
mandātum, i, n., *a command.*
mando, v. 1, *to order, commit.*
mānĕ, adv., *in the morning.*

măneo, mansi, mansum, v. 2, *to wait, await.*

manĭcātus, a, um., adj., *with long sleeves.*

manĭfestus, a, um, adj., *evident.*

manĭpŭlus, i, m., *a company.*

mansūefăcio, fēci, factum, v. 3, *to tame.*

mantĭle, is, n., *a cloth.*

mănus, ūs, f., *a hand, band of men.*

măre, is, n., *the sea.*

mărīnus, a. um, adj., *sea, marine.*

mărīta, *wife,* -tus, *husband.*

marmor, ŏris, n., *marble, the surface of the sea.*

mas, măris, m., *a male.*

massa, ae, f., *a lump, cake.*

māter, tris, f., *a mother.*

matĕries, ei, f., *timber, matter.*

matrĭmōnium, ii, n., *marriage.*

matūro, v. 1, *to hasten.*

matūrus, a, um, adj., *ripe.*

maxilla, ae, f., *the jaw.*

maxĭme, adv., *most, especially.*

mĕdĭcamentum, i, n., *a drug.*

mĕdĭcus, i, m., *a physician.*

mĕdĭcus, a, um, adj., *medical.*

mĕdĭtor, v. 1, dep., *to study, design.*

mĕdius, a, um, adj., *middle.*

mĕl, mellis, n., *honey.*

membrum, i, n., *a limb.*

mĕmĭni, isse, v. defect., *to remember.*

mĕmor, ŏris, adj., *mindful.*

mĕmŏrābĭlis, e, adj., *remarkable.*

mĕmŏria, ae, f., *memory.*

mĕmŏro, v. 1, *to remind of, speak of, record, relate.*

mens, mentis, f., *the mind, intention.*

mensa, ae, f., *a table.*

mensis, is, m., *a month.*

menstruus, a, um, adj., *monthly.*

mensūra, ae, f., *a measure.*

mentio, ōnis, f., *mention.*

mentior, ītus, v. 4, *to lie, counterfeit.*

marcātor, ōris, m., *a trader.*

mercis, ēdis, f., *hire, reward.*

mercor, v. 1, dep., *to trade.*

mĕrĕo, ui, ĭtum, v. 2, } *to earn, de-*
mĕreor, ĭtus, v. 2, dep., } *serve.*

merīdies, ei, f., *mid-day, the south.* (mĕdius-dies.)

mĕrīto, adv., *deservedly.*

mĕrĭtum, i, n., *desert.*

mĕrum, i, n., *unmixed wine.*

merx, cis, f., *goods, merchandise.*

mĕtallum, i, n., *a metal, mine.*

mĕto, messui, messum, v. 3, *to reap, mow.*

mĕtuo, ui, ŭtum, v. 3, *to fear.*

mĕtus, ūs, m., *fear.*

meus, a, um, adj., *mine.*

mīles, ĭtis, c., *a soldier.*

mīlĭtāris, e, adj., *military.*

mille, indeclinable, adj., *a thousand.*

millia, ium, n., *a thousand.*

mĭna, ae, f., *a mina, about £4.*

mĭnae, arum, f., *threats.*

mĭnĭmē, adv., *least, by no means, not at all.*

mĭnister, tra, trum, adj. as substantive, *an inferior, servant.*

mĭnĭum, ii, n., *vermilion.*

mĭnor, v. 1, dep., *to threaten.*

mĭnor, us, adj., *less, younger.*

mĭnus, adv., *less.*

mīrābĭlis, e, adj., *wonderful.*

mīror, v. 1, dep., *to wonder at.*

mīrus, a, um, adj., *wonderful.*

misceo, miscui, mistum or mixtum, v. 2, *to mix, intermingle.*

mĭser, ĕra, ĕrum, adj., *wretched.*

mĭsĕrē, adv., *wretchedly.*

mītis, e, adj., *gentle, humane.*

mitto, mīsi, missum, v. 3, *to send.*

mŏdŏ, adv., *only;* modo . . . modo, *at one time . . . at another.*

mŏdŭlus, i, m., *a measure.*

mŏdus, i, m., *a limit, manner, measure.*

moenia, ium, n., *town walls.*

mōles, is, f., *a mass, weight.*

mŏlestia, ae, f., *trouble, annoyance.*

mŏlestus, a, um, adj., *troublesome.*

mōlior, ītus, v. 4, dep., *to strive, construct, effect, plan.*

mollio, īvi and ii, ītum, v. 4, *to soften.*

mŏneo, ŭi, ĭtum, v. 2, *to warn, advise.*

mŏnĭtum, i, n., *a warning.*

mons, tis, m., *a mountain.*

monstro, v. 1, *to show.*

mŏnŭmentum, i, n., *a record, monument.*

mŏra, ae, f., *delay.*

morbus, i, m., *a disease.*

mordeo, mŏmordi, morsum, v. 2, *to bite.*

mŏrĭor, mortuus, v. 3, dep., *to die.*

mors, tis, f., *death.*

mortuus, a, um., part. (morior), *dead.*

mōs, mōris, m., *manner, custom,* in plur. *manners.*

mōtus, ūs, m., *a movement.*

mŏveo, mōvi, mōtum, v. 2, *to move.*

mox, adv., *soon.*

mūla, ae, f., *a she-mule.*

mūlier, ĕris, f., *a woman.*

multa, ae, f., *a penalty, fine.*

multĭtūdo, ĭnis, f., *a multitude.*

multo, v. 1, *to fine.*
multŏ, adv., *much, by much.*
multus, a, um, adj., *much, many.*
multum, adv., *much, far.*
mūlus, i, m., *a mule.*
mundus, i, m., *the universe.*
mūnio, īvi *or* ĭi, ĭtum, v. 4, *to fortify.*
mūnus, ĕris, n., *a duty, office, gift.*
mūrus, i, m., *a wall.*
mūs, mūris, c., *a mouse.*
mŭtĭlo, v. 1, *to maim.*
mŭtĭlus, a, um, adj., *maimed.*
mūto, v. 1, *to change.*
myrrha, ae, f., *myrrh.*
myrtus, i, f., *a myrtle.*

Nam, conj., *for.*
nanciscor, nactus, v. 3, dep., *to find.*
nāris, is, f., *a nostril.*
narro, v. 1, *to relate.*
nascor, nātus, v. 3, dep., *to be born, grow.*
nāsus, i, m., *a nose.*
nātūra, ae, f., *nature.*
nātus, ūs, m., *birth* (only used in abl. sing.).
nauta, ae, m., *a sailor.*
nāvālis, e, adj., *naval.*
nāvĭgium, ii, n., *a vessel.*
nāvĭgo, v. 1, *to sail.*
nāvis, is, f., *a ship.*
nĕ, interrogative particle.
nē, conj., *lest.*
nĕc, *neither, nor.*
nĕco, v. 1, *to slay.*
nĕfārius, a, um, adj., *wicked.*
nĕfās, indeclinable subst. n., *wrong.*
neglĭgo, exi, ectum, v. 3, *to neglect.*
nĕgo, v. 1, *to deny, refuse, say no.*
nĕgōtĭor, v. 1, dep., *to trade.*
nĕgōtium, ii, n., *business.*
nēmo, acc., nēmĭnem, m. and f., *no one.* (nē-hŏmo.)
nempe, conj., *certainly, for, namely.*
nēquam, indeclinable adj., *wicked.*
nēquĕ. *See* nĕc.
nē quĭdem, conj., *not even.*
nēquĭtia, ae, f., *wickedness.*
nescio, īvi *or* ĭi, ĭtum, v. 4, *not to know.*
neu,
nĕvĕ, } adv., *nor.*
nĭ, conj., *if not, unless.*
nīdus, i, m., *a nest.*
nĭger, gra, grum, adj., *black.*
nĭhĭl,
nīl, } indeclinable n., *nothing.*
nĭhĭlŏmĭnis, adv., *no less, notwithstanding.*
nĭmĭs, adv., *too, too much.*

nĭmĭum, adv., *too, too much.*
nĭmĭus, a, um, adj., *excessive.*
nĭsĭ, conj., *if not, unless, except.*
nix, nĭvis, f., *snow.*
uobĭlis, e, adj., *well-born, distinguished.*
nŏceo, cŭi, cĭtum, v. 2, *to injure.*
noctū, adv., *by night.*
noctua, ae, f., *an owl.*
nōdōsus, a, um, adj., *knotty.*
nōlo, nōlŭi, nolle, v. irreg., *to be unwilling.*
nŏmas, ădis, c., *pasturing flocks, a wandering people.*
nōmen, ĭnis, n., *a name.*
nōmĭnātim, adv., *by name.*
nōmĭno, v. 1, *to name.*
non, adv., *not.*
nōnāgĭnta, num., *ninety.*
nonnĕ, interrogative particle.
uonnullus, a, um, adj., *some.*
nōnus, a, um, adj., *ninth.*
nosco, nōvi, nōtum, v. 3, *to know.*
uosmet, pron., *ourselves.*
noster, tra, trum, adj., *our.*
notĭtia, ae, f., *knowledge.*
novācŭla, ae, f., *a razor.*
nŏvem, num., *nine.*
nŏvies, num. adv., *nine times.*
nŏvus, a, um, adj., *new.*
nox, noctis, f., *night.*
nūbes, is, f., *a cloud.*
nūbo, psi, ptum, v. 3, *to marry.*
nucleus, i, m., *a kernel.*
nūdo, v. 1, *to strip.*
nullus, a, um, adj., *none, no.*
num, interrogative particle.
nūmen, ĭnis, n., *the divine will or power.*
nŭmĕrus, i, m., *a number.*
nunc, adv., *now.*
nunquam, adv., *never.*
nuntio, v. 1, *to report, announce.*
nuntius, ii, m., *a messenger, message, news.*
nūpĕr, adv., *lately.*
nuptĭae, *a wedding, marriage.*
nusquam, adv., *nowhere.*
nutrix, īcis, f., *a nurse.*

Ob, prep., *on account of.*
ŏbambŭlo, v. 1, *to walk about.*
obdormio, īvi *and* ĭi, ĭtum, v. 4, *to fall asleep.*
obduco, xi, ctum, v. 3, *to draw over, cover.*
ŏbex, īcis, c., *a bolt, barrier.*
oblĭno, lēvi, litum, v. 3, *to daub over, besmear.*
oblīviscor, oblītus, v. 3, dep., *to forget.*

obnītor, nisus *and* nixus, v. 3, *to strive against, resist.*
obscuro, v. 1, *to darken.*
observo, v. 1, *to watch.*
obsĭdeo, sēdi, sessum, v. 2, *to blockade.*
obsĭdĭo, ōnis, f., *a blockade, siege.*
obsigno, v. 1, *to seal up.*
obstringo, nxi, ctum, v. 3, *to bind, involve.*
obstŭpesco, pui, v. 3, incep., *to be stupefied, astonished.*
obtĭneo, tĭnui, tentum, v. 2, *to seize, hold.*
obtingo, tĭgi, v. 3, *to befall, turn out.* (ob-tango.)
obvĭam, adv., *in the way, towards, to meet.*
occāsio, ōnis, f., *opportunity.*
occāsus, ūs, m., *a setting.* (ob-cado.)
occĭdēns, entis, m., *the west.* (ob-cado.)
occīdo, cīdi, cīsum, v. 3, *to slay.* (ob-caedo.)
occĭdo, cĭdi, cāsum, v. 3, *to fall, set.* (ob-cădo.)
occŭlo, cŭlui, cultum, v. 3, *to hide.*
occŭpo, v. 1, *to seize.*
occurro, curri, cursum, v. 3, *to meet.*
ōcĭor, us, adj. (no positive), *swifter.*
ōcĭus, adv., *more swiftly, quickly, too quickly.*
octāvus, a, um, num. adj., *eighth.*
octō, num., *eight.*
octōginta, num., *eighty.*
ŏcŭlus, i, m., *an eye.*
ŏdor, ōris, m., *a smell, perfume.*
offĕro, obtŭli, oblātum, v. 3, irreg., *to offer, vouchsafe, grant, exhibit.*
ŏlĕa, ae, f., *an olive-tree.*
ŏlĕum, i, n., *oil.*
ōlim, adv., *formerly, once upon a time.*
ōmen, ĭnis, n., *an omen.*
ōmĭnōsus, a, um, adj., *portentous.*
ōmĭnor, v. 1, *to predict.*
ŏmitto, mīsi, mĭssum, v. 3, *to leave out, leave.*
omnīno, adv., *altogether, absolutely, at all.*
omnis, e, adj., *all, every.*
ŏnĕrārius, a, um, adj., *carrying burdens;* nāvis, *a merchant ship.*
ŏnus, ĕris, n., *a burden.*
op-, f. (no nom.), *help,* in plur. *riches.*
ŏpĕra, ae, f., *assistance, work, attention;* o. dare, *to do one's best.*
ŏportet, uit, v. 2, impers., *it is necessary.*
oppĭdānus, a, um, adj., *of a town,* as subst. *a townsman.*
oppĭdum, i, n., *a town.*

oppōno, pŏsui, pŏsĭtum, v. 3, *to set in the way of, oppose.*
oppŏsĭtus, a, um, part., *opposite.*
opprĭmo, pressi, pressum, v. 3, *to overwhelm, crush, oppress.*
oppugno, v. 1, *to storm, besiege.*
optio, ōuĭs, f., *a choice.*
optĭmē, adv., *best.*
optĭmus, adj., *best;* optĭmē, *"my good friend."*
ŏpŭlentus, a, um, adj., *wealthy.*
ŏpus, ĕris, n., *a work, need.*
ōra, ae, f., *an edge, shore.*
ōrācŭlum, i, n., *an oracle.*
orbis, is, m., *a circle.*
orbo, v. 1, *to deprive.*
ordĭno, v. 1, *to draw up, settle.*
ordo, ĭnis, m., *a rank, row.*
ŏrĭor, ortus, v. 3, dep., *to arise, rise.*
ŏrĭundus, a, um, part. (ŏrĭor), *descended from.*
ornātus, ūs, m., *dress, ornament.*
orno, v. 1, *to adorn.*
ōro, v. 1, *to pray, beseech.*
ōs, ōris, n., *a mouth, face.*
ŏs, ossis, n., *a bone.*
ostendo, di, sum, v. 3, *to show.*
ostento, v. 1, freq., *to show off.*
ōtĭum, ii, n., *ease.*
ŏvis, is, c., *a sheep.*
ōvum, i, n., *an egg.*

Păbŭlum, i, n., *food, fodder.*
păciscor, pactus, v. 3, dep., *to bargain.*
pactum, i, n., *way, manner.*
pāla, ae, f., *the stone of a ring.*
pălaestra, ĕe, f., *a wrestling school, gymnastics.*
pălam, adv. and prep., *openly, before.* (pando.)
pallium, ii *or* i, n., *a cloak.*
pālus, i, m., *a stake.*
pălus, ūdis, f., *a marsh.* (pando.)
pānis, is, m., *bread.*
pannus, i, m., *a cloth, rag.*
păpŷrus, i, c., *the papyrus.*
par, adj., *equal.*
pardus, i, m., *a panther.*
pāreo, ŭi, ĭtum, v. 2, *to obey, be subject to.*
păries, ĕtis, m., *a partition wall.*
părio, pĕpĕri, părĭtum *and* partum, v. 3, *to produce, bear young.*
părĭter, adv., *equally, alike.*
păro, v. 1, *to make ready, prepare, win.*
pars, tis, f., *a part, share, side.*
partĭceps, cĭpis, adj., *sharing,* as subst. *a partner.* (pars-căpio.)

partim, adv., *partly.*
părum, adv., *little, too little.*
parvŭlus, a, um, dim. adj., *very small.*
parvus, a, um, adj., *small.*
pasco, pāvi, pastum, v. 3, *to feed, graze.*
păteo, ui, v. 2, *to lie open, extend, be evident.*
păter, tris, m., *a father.*
păterfămĭlias, patrisfămĭlias, m., *a father of a family.*
pătior, passus, v. 3, dep., *to suffer, allow.*
pătria, ae, f., *a fatherland.*
pătrius, a, um, adj., *of one's country, paternal.*
paucus, a, um, adj., *few.*
paullātim, adv., *little by little, by degrees.*
paullisper, adv., *for a short time.*
pauper, ĕris, adj., *poor.*
păvĭmentum, i, n., *a pavement, floor.*
pax, pācis, f., *peace.*
pecto, pĕxi, pĕxum, v. 3, *to comb.*
pectus, ŏris, n., *the chest, breast.*
pĕcūnia, ae, f., *money.*
pĕcus, ŭdis, f., *a beast,* plur. *cattle.*
pĕcus, pĕcŏris, n., *a herd.*
pĕdes, pĕdĭtis, m., *a foot-soldier.*
pĕdester, tris, tre, adj., *on foot, land.*
pĕdĭtātus, ūs, m., *infantry.*
pĕlăgus, i, n., *the sea.*
pellis, is, f., *a skin, hide.*
pendo, pĕpendi, pensum, v. 3, *to hang, weigh, pay;* p. parvi, *to think little of.*
pĕnĕs, prep., *in the power of.*
pĕnĕtrāle, is, n., *a sanctuary.*
pĕnĭtŭs, adv., *completely.*
penna, ae, f., *a feather, wing.*
pennātus, a, um, adj., *winged, feathered.*
per, adv., *through, across, during.*
pĕrăgo, ēgi, actum, v. 3, *to finish, perform.*
percello, cŭli, culsum, v. 3, *to beat down, strike, ruin.*
percĭpĭo, cēpi, ceptum, v. 3, *to take possession of, gather, feel, derive.*
percontor, v. 1, dep., *to question strictly.*
percŭtio, cussi, cussum, v. 3, *to strike through, slay, wound.*
perdo, dĭdi, dĭtum, v. 3, *to ruin, destroy, lose.*
pĕrĕgrē, adv., *away from home.* (per-ager.)
pĕrĕgrīnus, a, um, adj., *wandering, foreign.*
pĕreo, īvi *or* ii, ĭtum, v. 4, *to perish.*

perfĕro, tŭli, lātum, v. 3, irreg., *to bring through, bring.*
perfĭcio, fēci, fectum, v. 3, *to finish.*
perfŏdio, fŏdi, fossum, v. 3, *to dig or pierce through.*
pergo, perrexi, perrectum, v. 3, *to proceed with, go on.*
perhĭbeo, ui, ĭtum, v. 2, *to relate.* (perhabeo.)
pĕrīcŭlum, i, n., *danger.*
pĕrītus, a, um, adj., *skilled.*
perlĕgo, lēgi, lectum, v. 3, *to read through.*
permăneo, mansi, mansum, v. 2, *to continue staying, persevere, remain.*
permitto, mīsi, missum, v. 3, *to let through, give up, intrust, allow.*
permultus, a, um, adj., *very much, many.*
pernĭcies, ei, f., *destruction.*
pernix, īcis, adj., *quick.*
perrāro, adv., *very rarely.*
perrumpo, rūpi, ruptum, v. 3, *to break through.*
perscribo, scripsi, scriptum, v. 3, *to write in full.*
persĕquor, sĕcūtus, v. 3, dep., *to follow up, pursue.*
perspĭcue, adj., *clearly.*
persuadeo, si, sum, v. 2, *to persuade.*
pertento, v. 1, *to prove, try, examine.*
perterreo, ŭi, ĭtum, v. 2, *to frighten thoroughly.*
pertĭneo, ui, v. 2, *to reach to, concern, belong to.*
pervăgor, v. 1, dep., *to rove about.*
pervĕnio, vēui, ventum, v. 4, *to arrive at.*
pēs, pĕdis, m., *a foot.*
pĕto, īvi *or* ii, ĭtum, v. 3, *to seek, make for, attack.*
phărētra, ae, f., *a quiver.*
phiăla, ae, f., *a saucer.*
phĭlŏsophus, i, m., *a philosopher.*
phoenix, īcis, m., *the phœnix.*
pictor, ōris, m., *a painter.*
pīleus, i, m., *a cap.*
pingo, nxi, pictum, v. 3, *to paint.*
pinguis, e, adj., *fat, rich.*
piscātor, ōris, m., *a fisherman.*
piscis, is, m., *a fish.*
plăcenta, ae, f., *a cake.*
plăceo, cŭi, cĭtum, v. 2, *to please;* placet, impersonal, *it is resolved.*
plăco, v. 1, *to appease.*
plānĭties, ei, f., *a plain.*
plătănus, i, f., *a plane-tree.*
plēnus, a, um, adj., *full.*

plērīque, aeque, ăque, adj., *most, very many.*

plŭo, ui, v. 3, *to rain.*

plūrīmus, a, um, adj., *very many, very much, most.*

plus, neut. adj., *more;* plures, ra, *several.*

plus, adv., *more.*

pŏcŭlum, i, n., *a cup.*

poena, ae, f., *a punishment, satisfaction;* poenas sumere, *to take vengeance.*

poenītentia, ae, f., *regret.*

poenītet, ŭit, v. 2, impersonal, *it repents.*

poēta, ae, m., *a poet.*

pŏlĕmarchus, i, m. *the polemarch, minister of war.*

pollīceor, cītus, v. 2, dep., *to promise.*

pondus, ĕris, n., *a weight.*

pōne, adv. and prep., *behind.*

pōno, pŏsui, pŏsītum, v. 3, *to place.*

pons, ntis, m., *a bridge, the deck* (of a ship).

pŏpŭlus, i, m., *a people.*

porcellus, i, m., *a little pig.*

porcus, i, m., *a pig.*

porrō, adv., *further on, furthermore, hereafter.*

porta, ae, f., *a door, gate.*

portendo, di, tum, v. 3, *to predict.*

portio, ōnis, f., *a snare.*

porto, v. 1, *to carry.*

portus, ūs, m., *a harbour.*

posco, pŏposci, v. 3, *to demand.*

possum, pŏtui, posse, v. irreg., *to be able.*

post, adv. and prep., *after.*

posteā, adv., *afterwards.*

postĕrus, a, um, adj., *following, later;* comp. *later, next;* p. crus, *hind-leg.*

postquam, conj., *after that.*

postrēmus, ă, um., adj., *last.*

postrēmo, adv., *lastly, at last.*

postrīdīe, adv., *the next day.*

postŭlo, v. 1, *to demand.*

pŏtens, part. (possum), *powerful.*

pŏtestas, ātis, f., *power.*

pŏtior, ītus, v. 4, dep., *to get possession of.*

pŏtius, adv., *rather.*

pōto, v. 1, *to drink.*

pōtus, ūs, m., *a draught, drink.*

prae, adv. and prep., *before, compared with, on account of.*

praealtus, a, um, adj., *very high.*

praebeo, ui, ītum, v. 2, *to afford, give.*

praecēdo, cessi, cessum, v. 3, *to go before.*

praeceptum, i, n., *a rule, order, advice.*

praecīdo, cīdi, cīsum, v. 3, *to cut off, cut short.* (prae-caedo.)

praecīpio, cēpi, ceptum, v. 3, *to seize beforehand, direct, advise;* p. viam, *to take to flight.*

praecīpītium, ii, n., *a precipice.*

praecīpue *and* praecīpuo, adv., *especially.*

praeclāre, adv., *gloriously, well.*

praeclārus, a, um, adj., *glorious, distinguished, celebrated.*

praeco, ōnis, m., *a herald.*

praeda, ae, f., *booty.*

praedīco, xi, ctum, v. 3, *to foretell.*

praedītus, a, um, adj., *endued with.*

praedor, v. 1, dep., *to plunder.*

praefectūra, ae, f., *a government.*

praefĕro, tūli, lātum, v. 3, irreg., *to bear before, prefer.*

praefīcio, fēci, fectum, v. 3, *to put over.* (prae-fācio.)

praefīgo, xi, xum, v. 3, *to fasten to.*

praelongus, a, um, adj., *very long.*

praelustris, e, adj., *very distinguished.*

praemīum, ii, n., *a reward.*

praepăro, v. 1, *to get ready.*

praesens, entis, participle (praesum), *present.*

praesentia, ae, f., *presence, present time.*

praeses, īdis, adj., *defending,* as subst. *a ruler.*

praestans, antis, part. (praesto), *excellent, distinguished.*

praestantia, ae, f., *excellence.* (praesto.)

praesto, stīti, stītum *and* stătum, v. 1, *to stand out, fulfil, show, give, make, excel.*

praesum, fui, v. irreg., *to be set over, be in command of.*

praeter, adv. and prep., *except, besides, past.*

praetĕreā, adv., *besides.*

praetĕreo, īvi *and* ii, ītum, v. 4, *to go past, over.*

praevălens, entis, adj., *very strong.*

praevăleo, ui, v. 2, *to prevail, be strong.*

praeverto, ti, v. 3, *to anticipate, surpass.*

prandium, ii, n., *breakfast.*

prăvus, a, um, adj., *bad.*

prec, prĕcīs (no nom.), f., *a prayer.*

prĕcor, v. 1, dep., *to pray.*

prĕhendo, di, sum, v. 3, *to grasp.*

prĕtiōsus, a, um, adj., *valuable.*

prĕtium, ii, n., *price.*

prīdem, adv., *long ago.*

prīdie, adv., *the day before.*

primo, adv., *first.*

prīmores, um, m., *chiefs.*

prīmum, adv., *in the first place;* quam primum, *as soon as possible.*

prīmus, a, um, adj., *first.*

princeps, ĭpis, adj., *first, chief,* as subst. *a prince.*

prĭor, prius, adj. (prīmus), *former, fore-most.*

prĭus, adv., *sooner, before.*

priusquam, conj., *before that.*

privātus, a, um, adj., *private.*

privīlēgium, ii, n., *a privilege.*

prīvo, v. 1, *to deprive.*

pro, prep., *before, for, instead of.*

prŏbo, v. 1, *to approve.*

procēdo, cessi, cessum, v. 3, *to go before, go on.*

procella, ae, f., *a storm.*

prŏcul, adv., *far.*

prŏcus, i, m., *a suitor.*

prōdeo, ĭi, ĭtum, v. 4, *to go before, appear, go forth.*

prōdĭgium, ii, n., *a portent, miracle.*

prōdĭtio, ōnis, f., *a surrender, betrayal.*

prōdo, dĭdi, dĭtum, v. 3, *to exhibit, give up, betray, hand down.*

prōdūco, xi, ctum, v. 3, *to bring forward.*

proelium, ii, n., *a battle.*

profĕro, tŭli, lātum, v. 3, irreg., *to produce, bring forward.*

prōfĭcio, fēci, fectum, v. 3, *to make progress, profit.*

prōfĭciscor, prŏfectus, v. 3, dep., *to set out.*

prōfĭteor, prŏfessus, v. 2, dep., *to confess.*

prōgrĕdior, progressus, v. 3, dep., *to advance.* (pro-grădior.)

proh, interjection, *O.*

prōhĭbeo, ŭi, ĭtum, v. 2, *to prevent, forbid.*

prōĭicio, iēci, iectum, v. 3, *to throw forth, overboard.* (pro-iacio.)

proinde, adv., *hence, accordingly.*

prōles, is, f., *offspring.*

prōmĭnens, entis, participle (prōmĭneo), *projecting, prominent.*

prōmissum, i, n., *a promise.*

prōmitto, mīsi, missum, v. 3, *to put forth, promise.*

prōmōutōrium, ii, n., *a cape.*

promptus, a, um, adj., *ready.* (promo.)

prōnuntio, v. 1, *to declare, pronounce.*

prŏpe, adv. and prep., *near.*

prŏpĕranter, adv., *hastily.*

prŏpĕro, v. 1, *to hasten, prepare.*

prŏphēta, ae, m., *a seer.*

prŏpinquus, a, um, adj., *near,* as subst. *a relation, a neighbour.*

prōpōno, pŏsui, positum, v. 3, *to put before, propose.*

prŏprĭus, a, um, adj., *one's own, peculiar.*

propter, adv. and prep., *near, on account of.*

prōpugnācŭlum, i, n., *a bulwark, defence.*

prōpȳlaeum, i, n., *a gateway, entrance.*

prōra, ae, f., *a prow.*

prōsĕquor, cūtus, v. 3, dep., *to follow.*

prōtīnus, adv., *immediately.*

prŏvĕho, vexi, vectum, v. 3, *to advance.*

prŏverbium, ii, n., *a proverb, saying.*

prōvĭdentia, ae, f., *forethought.*

prōvĭncia, ae, f., *a province.*

proxĭme, adv., *nearest, next.*

proxĭmus, a, um, adj., *nearest.* (prope.)

publĭcus, a, um, adj., *public.*

pŭella, ae, f., *a girl.*

pŭer, ĕri, m., *a boy.*

pūgio, ōnis, m., *a dagger.*

pugna, ae, f., *a fight.*

pugno, v. 1, *to fight.*

pulcer *or* pulcher, cra, crum, adj., *beautiful.*

pulcre, adv., *beautifully.*

pullus, i, m., *a young animal.*

pulso, v. 1, freq., *to push, beat.*

pūnĭcum. *See* mālum pūnĭcum.

pūnio, īvi *or* ii, ītum, v. 4, *to punish.*

puppis, is, f., *a stern, ship.*

purgo, v. 1, *to cleanse.*

pŭteus, i, m., *a well.*

pŭto, v. 1, *to think.*

pūtrēsco, v. 3, incep., *to grow rotten, mortify.*

Quā, adv., *where.*

quadrīgae, arum, f., *a four-horse chariot.* (quatuor-iugum.)

quadringenti, ae, a, num., *four hundred.*

quadrŭpes, pĕdis, adj., *four-footed.*

quaero, quaesīvi, quaesītum, v. 3, *to inquire, ask for.*

quaestus, us, m., *gain.*

qualis, e, adj. pron., *of what sort, such as, as.*

quam, adv., *how, then;* with superlative, *as much as possible.*

quamdĭu, adv., *how long, as long as.*

quamvis, conj., *although.*

quando, conj., *when, since.*

quandŏquĭdem, conj., *since.*

quanto, adv., *by how much.*

quantum, adv., *as much as.*

quantus, a, um, adj., *how great, such as, as.*

quārē, adv., *why, wherefore.*
quartus, ă, um, num. adj., *fourth.*
quasi, conj., *as if.*
quătŭor, num., *four.*
que, conj., *and both.*
quemădmŏdum, adv., *how, as.*
qui, quae, quod, pron., *who, which.*
quĭă, conj., *because.*
quicunque, quaecunque, quodcunque, pron., *whoever, whatever.*
quĭdam, quaedam, quoddam, *and* quiddam, pron., *a certain one.*
quĭdem, adv., *indeed.*
quĭes, ētis, f., *rest.*
quilĭbet, quaelĭbet, quodlĭbet, *and* quidlĭbet, pron., *any you please.*
quin, conj., *but that.*
quinam, quaenam, quodnam, pron., *who? what?*
quindĕcim, num., *fifteen.*
quingenti, ae, a, num., *five hundred.*
quinquāginta, num., *fifty.*
quinque, num., *five.*
quintus, a, um, num. adj., *fifth.*
quippe, conj., *since, as.*
quis, quid, pron., *who? what?* quis, qua, quid, *any.*
quisnam, quaenam, quodnam, *and* quidnam, pron., *who? what?*
quispĭam, quaepĭam, quodpĭam, *and* quidpiam, pron., *any one, some one.*
quisquam, quaequam, quicquam, pron., *any.* (after negatives.)
quisque, quaeque, quodque, *and* quidque, pron., *each.*
quisquis, quaeque, quodquod, *and* quidquid, pron., *each.*
quivis, quaevis, quodvis, *and* quidvis, pron., *any you will.*
quo, adv., *whither.*
quoad, adv., *till, as long as.*
quocumque, adv., *whithersoever.*
quod, conj., *because, that;* quod si, *but if.*
quomĭnus, conj., *by which the less, from.*
quomŏdo, adv., *how.*
quonĭam, conj., *since.*
quoque, conj., *also.*
quot, adj., *how many? as many as.*
quotcumque, adv., *how many soever.*
quotĭdie, adv., *daily.*
quotĭes, adv., *as often as.*
quotquot, adj., *how many soever, as many soever as.*
quousque, adv., *how far.*
quum, conj., *when, since;* quum, tum, *both, and.*

Rādĭx, īcis, f., *a root, the foot* (of a mountain).
rādo, rāsi, rāsum, v. 3, *to shave.*
rāmentum, i, n., *a shaving.* (rado.)
rāmus, i, m., *a branch.*
rāna, ae, f., *a frog.*
raptim, adv., *violently, hastily.* (răpio.)
rārus, a, um, adj., *scarce.*
rătio, onis, f., *a reason, account, kind, way;* r. habēre, *to take notice of.*
rātus, a, um, participle (reor), *settled, confirmed, thinking.*
rĕcēdo, cessi, cessum, v. 3, *to retire.*
rĕceptāculum, i, n., *a magazine, shelter.*
rĕcĭpio, cēpi, ceptum, v. 3, *to regain, receive, betake, take up;* se recipere, *to withdraw, retire.*
rĕcĭto, v. 1, *to recite.*
rĕcordor, v. 1, dep., *to remember.*
recte, adv., *rightly.*
rectus, a, um, adj., *right, sound.*
rĕcŭpĕro, v. 1, *to recover.*
rĕdemptio, onis, f., *a ransom.* (re-emo.)
reddo, dĭdi, dĭtum, v. 3, *to restore, re-place, re-echo, return, render.*
rĕdeo, ĭi, ĭtum, v. 4, *to return.*
rĕdĭgo, ēgi, actum, v. 3, *to reduce.* (re-ago.)
rĕfĕro, tŭli, lātum, v. 3, irreg., *to bring back, relate.*
rĕfringo, frēgi, fractum, v. 3, *to break open.* (re, frango.)
rĕgio, ōnis, f., *a country, region.*
rĕgius, a, um, adj., *royal.*
regno, v. 1, *to reign.*
regnum, i, n., *a kingdom.*
rĕgo, rexi, rectum, v. 3, *to rule.*
rĕlinquo, līqui, lictum, v. 3, *to leave behind.*
relĭquus, a, um, adj., *left, remaining, the rest.*
rellĭgio, ōnis, f., *religion, a religious scruple.*
rĕmăneo, manis, mansi, v. 2, *to stay behind, remain.*
rēmex, ĭgis, m., *a rower.*
rēmĭgo, v. 1, *to row.*
rĕmĭniscor, v. 3, dep., *to remember.*
rĕmŏveo, mŏvi, mōtum, v. 2, *to take away.*
rēmus, i, m., *an oar.*
rĕnuntio, v. 1, *to announce.*
rĕor, rātus, v. 2, *to think.*
rĕpello, pŭli, pulsum, v. 3, *to drive back.*
rĕpendo, di, sum, v. 3, *to pay back, reward.*
rĕpĕrio, rĕpĕri, rĕpertum v. 4, *to find.*

rĕpleo, ēvi, ētum, v. 2, *to fill up.*

rĕpōno, pŏsui, pŏsĭtum, v. 3, *to replace, place, lay aside.*

rĕporto, v. 1, *to carry back, bear away, gain.*

rĕptĭlis, e, adj., *creeping.*

reptĭle, is, n., *a reptile.*

rĕpŭto, v. 1, *to reckon, reflect on, imagine.*

rēs, rĕi, f., *a thing, property;* in plur., *things, fortunes, wealth.*

rescindo, scĭdi, scissum, v. 3, *to cut off or open, to repeal, break up.*

rescisco, ivi or ii, ĭtum, v. 3, *to ascertain.*

rĕsĭdo, sēdi, v. 2, *to sit down, subside.*

rĕsisto, restĭti, v. 3, *to halt, resist.*

respondeo, spondi, sponsum, v. 2, *to answer.*

responsum, i, n., *an answer.*

restĭtuo, ŭi, ūtum, v. 3, *to restore.*

resto, stĭti, v. 1, *to resist, remain.*

rētĕ, is, n., *a net.*

rĕtĭneo, ui, tentum, v. 2, *to hold back, detain, keep.*

retro, adv., *back.*

retrogrĕdior, grassus, v. 3, dep., *to retire.*

reus, i, m., *a criminal.*

revĕrā, adv., *in truth.*

reverto, reversus, v. 3, dep., *to return.*

rex, regis, m., *a king.*

rīdeo, si, sum, v. 2, *to laugh, laugh at.*

rīpa, ae, f., *a bank.*

rīsus, us, m., *laughter.*

rītus, ūs, m., *rite, custom, way.*

rixa, ae, f., *a quarrel.*

rŏbustus, a, um, adj., *strong.*

rŏgo, v. 1, *to ask, demand.*

rōs, rōris, m., *dew.*

rostrum, i, m., *a beak.*

rŭber, bra, brum, adj., *red.*

rŭdens, entis, m., *a cable.*

rumpo, rūpi, ruptum, v. 3, *to break.*

rursus, adv., *again.*

rŭtĭlus, a, um, adj., *reddish.*

Saccus, i, m., *a sack.*

săcer, săcra, sacrum, adj., *holy, sacred.*

săcerdos, ōtis, c., *a priest or priestess.*

săcerdōtium, ii, n., *the priesthood.*

sacra, orum, n., *sacrifices.*

sacrĭfĭcium, ii, n., *a sacrifice, offering.*

sacrĭfĭco, v. 1, *to sacrifice.*

saepe, adv., *often.*

săgitta, ae, f., *an arrow.*

săgittārius, ii, m., *an archer.*

săl, sălis, m., *salt.*

salsus, a, um adj., *salt.*

salto, v. 1, *to dance.*

saltus, ūs, m., *a dance, leap.*

sălus, ūtis, f., *health, safety, greeting.*

salvus, a, um, adj., *whole, safe.*

sanctus, a, um, adj., *holy.*

sanguĭnŏlentus, a, um, adj., *bloody.*

sanguis, ĭnis, m., *blood.*

sāno, v. 1, *to cure.*

sāuus, a, um, adj., *whole, sound.*

săpiens, entis, participle (sapio), *wise.*

săpĭenter, adv., *wisely.*

săpĭentia, ae, f., *wisdom.*

sarmentum, i, n., *brushwood, a fagot.*

sătelles, ĭtis, c., *an attendant, life-guard.*

sătio, v. 1, *to satisfy.*

sătis, adv., *enough.*

sătisfăcio, fēci, factum, v. 3, *to satisfy.*

satrăpes, is, m., *a Persian governor, satrap.*

saxum, i, n., *a stone.*

scĕlus, scĕlĕris, n., *a crime, guilt.*

sceptrum, i, n., *a sceptre.*

scĭlĭcĕt, adv., *forsooth, that is to say.* (scīre-lĭcĕt.)

scio, ivi or ii, ĭtum, v. 4, *to know.*

sciscĭtor, v. 1, dep. freq., *to ask often, inquire.*

scrība, ae, m., *a clerk.*

scrībo, scripsi, scriptum, v. 3, *to write.*

scūtum, i, n., *a shield.*

se, pron. (no nom.), *self.*

sĕcundus, a, um, adj., *second, favourable.*

sĕcūris, is, f., *an axe.* (sĕco.)

sĕd, conj., *but.*

sĕdeo, sēdi, sessum, v. 2, *to sit.*

sēdes, is, f., *a seat, dwelling.*

sēdĭtio, ōnis, f., *a conspiracy, rebellion.*

sĕges, sĕgĕtis, f., *a cornfield, standing corn.*

sēlĭgo, lēgi, lectum, v. 3, *to gather apart, choose.*

sĕmĕl, num. adv., *once, at one time.*

sēmentis, is, f., *a sowing seed-time.*

sēmĭta, ae, f., *a path.*

semper, adv., *always.*

sĕnectus, ūtis, f., *old age.*

sĕnex, sĕnis, adj., *old,* as subst. *old man.*

sensus, us, m., *sense, feeling.*

sententia, ae, f., *opinion, meaning.*

sentĭo, si, sum, v. 4, *to perceive, feel.*

sĕōrsum, adv., *separately.*

sĕpĕlio, īvi or ii, pultum, v. 4, *to bury.*

septem, num., *seven.*

septemdecim, num., *seventeen.*

septemvĭri, orum, m., *a board or college of seven men, the septemvirs.*

septentriones, um, n., *the north.*

septĭmus, a, um, num. adj., *seventh.*
septuaginta, num., *seventy.*
septum, i, n., *an enclosure, fence.*
sĕpulcrum, i, n., *a tomb, grave.*
sĕpultūra, ae, f., *burial.*
sĕquor, sĕcūtus, v. 3, dep., *to follow.*
sĕrēnus, a, um, adj., *clear.*
sermo, ōnis, m., *a discourse, language, conversation.*
sĕro, sēvi, sătum, v. 3, *to sow.*
sĕro, sĕrui, sertum, v. 3, *to join, sew.*
serpens, entis, c., *a serpent.*
servātor, oris, m., *a preserver.*
servĭtus, ūtis, f., *slavery.*
servo, v. 1, *to watch, protect, keep.*
servus, i, m., *a slave.*
sex, num., *six.*
sexāgēsĭmus, a, um, adj., *sixtieth.*
sexcenti, ae, a, num., *six hundred.*
sextus, a, um, num. adj., *sixth.*
sexus, ūs, m., *sex.*
sīc, adv., *thus, so.*
siccus, a, um, adj. *dry.*
sĭgillum, i, n., *a seal.* (signum.)
signĭfico, v. 1, *to point out, mean.*
signum, i, n., *a sign, standard, constellation, signal.*
sĭlentium, ii, n., *silence.*
silva, ae, f., *a wood.*
sĭmĭlis, e, adj., *like.*
sĭmĭlĭtudo, ĭnis, f., *a likeness.*
sĭmŭl, adv., *at once, at the same time.*
sĭmŭlăcrum, i, n., *an image, spectre.*
sīmus, a, um, adj., *snub-nosed.*
sīn, conj., *but if, if not.*
sĭnĕ, prep., *without.*
singŭli, ae, a, num. adj., *one at a time, one each.*
sĭnister, tra, trum, adj., *on the left hand, unpropitious.*
sĭnŭosus, a, um, adj., *winding.*
sĭnus, ūs, m., *a fold, gulf.*
sistrum, i, n., *a rattle.*
sĭtis, is, f., *thirst.*
sĭtus, a, um, participle (sĭno), *situated.*
sīvĕ, conj., *whether, or.*
smăragdus, i, c., *an emerald.*
sŏcius, i, m., *an ally.*
sōl, sōlis, m., *the sun.*
sŏleo, ĭtus, v. 2, *to be wont.*
sŏlitus, a, um, part. (soleo), *usual.*
sŏlium, ii, n., *a throne.*
sōlus, a, um, adj., *alone.*
sōlum, adv., *only.*
solvo, vi, ūtum, v. 3, *to loosen, cut, pay, release.*
somnium, ii, n., *a dream.*
somnus, i, m., *sleep.*
sŏnĭtus, ūs, m., *a sound.*

sŏnus, i, m., *a sound.*
sŏror, ōris, f., *a sister.*
sors, sortis, f., *a lot, chance.*
spătium, ii, n., *a space, interval.*
spĕcies, ei, f., *a likeness, appearance.*
spectācŭlum, i, n., *a sight.*
spectātor, ōris, m., *a looker-on.*
specto, v. 1, freq., *to behold, face.*
spectrum, i, n., *an apparition.*
spĕcŭlātor, oris, m., *a scout, spy.*
spĕcŭlātōrius, a, um, adj., *spy.*
spĕcŭlor, v. 1, dep., *to watch, spy.*
sperno, sprēvi, sprētum, v. 3, *to reject, despise.*
spēro, v. 1, *to hope, expect.*
spēs, ēi, f., *hope.*
spīca, ae, f., *an ear of corn.*
spīro, v. 1, *to breathe, exhale.*
splendĭdus, a, um, adj., *bright, distinguished.*
spŏlio, v. 1, *to spoil, strip.*
squāleo, ui, v. 2, *to be rough, neglected, disfigured.*
squama, ae, f., *a scale.*
squamātus, a, um, adj., *scaly.*
stăbŭlum, i, n., *a stable,* (sto.)
stădium, ii, n., *a stade, 606 ft. 9 in.*
stăter, ĕris, m., *a stater, a small silver coin.*
stătim, adv., *at once.*
stătio, ōnis, f., *a station, guard.*
stătua, ae, f., *a statue.*
stătuo, ŭi, ūtum, v. 3, *to place, resolve.*
sterno, strāvi, strātum, v. 3, *to strew; lectŭlum, to prepare.*
sternūto, v. 1, *to sneeze.*
stigma, ătis, n., *a brand.*
stĭmŭlus, i, m., *a goad.*
stipes, ĭtis, m., *a log, trunk.*
sto, stĕti, stătum, v. 1, *to stand, remain.*
strāges, is, f., *a slaughter.*
strīdeo, dī, v. 2, and strīdo, v. 3, *to creak, scream.*
stringo, inxi, ictum, v. 3, *to grasp, draw.*
strŭo, xi, ctum, v. 3, *to pile up, build.*
stŭdeo, ui, v. 2, *to study, desire, pay attention to.*
stŭdĭōsus, a, um, adj., *eager, zealous.*
stŭdĭose, adv., *eagerly.*
stŭdium, i, n., *eagerness, study, desire.*
stultus, a, um, adj., *foolish.*
stŭpĕfăcio, fēci, factum, v. 3, *to stun, astonish.*
styrax, acis, m., *styrax, a resinous gum.*
suadeo, si, sum, v. 2, *to persuade.*
suavis, e, adj., *sweet.*
sŭb, prep., *under.*

sŭbeo, ii, ĭtum, v. 4, *to come up, under-go, go under.*

sŭbīgo, ēgi, actum, v. 3, *to bring under, subdue, knead, work.*

subiĭcio, iēci, iectum, v. 3, *to place under, substitute, subdue.* (sub-iacio.)

sŭbinde, adv., *thereupon.*

sŭbīto, adv., *suddenly.*

sublīmis, e, adj., *uplifted, high.*

subsīdium, ii, n., *assistance.*

subsĭlio, lŭi or ĭi, v. 4, *to leap up.*

succēdo, cessi, cessum, v. 3, *to come up, follow after.*

successor, oris, m., *a successor.*

sufficio, fēci, fectum, v. 3, *to substitute, be sufficient.*

suffōco, v. 1, *to smother.*

suffŏdio, fōdi, fossum, v. 3, *to pierce through, dig under.*

suffrāgium, ii, n., *a vote.*

suffrāgor, v. 1, dep., *to vote for, sup-port.*

sŭiu, fui, esse, v., *to be.*

summa, ae, f., *an amount, total;* im-pĕrii, *chief command.*

summus, a, um, adj. (superlative of superus), *highest, extreme, greatest;* s. mons, *the top of the mountain.*

sūmo, sumpsi, sumptum, v. 3, *to take.*

sŭper, adv. and prep., *over.*

sŭperbio, v. 4, *to be haughty.*

sŭpercĭlium, ii, n., *a brow.*

sŭperficies, ei, f., *a surface.*

sŭpĕrior, ōris, adj., comparative of sŭpĕrus, *better, former, higher.*

sŭpĕro, v. 1, *to subdue, surpass.*

sŭperstes, itis, adj., *surviving, remain-ing over.* (sŭper, sto.)

sŭpersum, fui, esse, v. irreg., *to be over, survive, remain.*

sŭpĕrus, a, um, adj., *high.* (super.)

supplex, ĭcis, adj., *humble, suppliant.*

supplĭcium, ii, n., *punishment.*

suprā, adv. and prep., *above.*

surcŭlus, i, m., *a shoot.*

surdus, a, um, adj., *deaf, dull, dumb.*

surgo, surrexi, surrectum, v. 3, *to raise, rise.*

sūs, sŭis, c., *a pig.*

suscĭpio, cēpi, ceptum, v. 3, *to take up, undertake, receive.* (sub-capio.)

suspendo, di, sum, v. 3, *to hang up.*

suspĭcor, v. 1, *to mistrust, suspect.*

sustento, v. 1, freq., *to support.*

sustĭneo, tĭnui, tentum, v. 2, *to hold up, endure.*

sŭus, a, um, pron., *his, her, its, their, own.*

Tābŭla, ae, f., *a picture.*

tăbŭlātum, i, n., *a story, stage.*

taedium, ii, n., *weariness, irksomeness.*

tălentum, i, n., *a talent, a weight about half a hundredweight, or a sum of money, £243, 15s. 3d.*

tālis, e, adj., *such, as follows.*

tam, adv., *so, so much.*

tamdĭū, adv., *so long.*

tămen, conj., *yet.*

tandem, adv., *at length.*

tango, tĕtĭgi, tactum, v. 3, *to touch.*

tanquam, conj., *as if.*

tantus, a, um, adj., *so great.*

taurus, i, m., *a bull.*

tectum, i, n., *a roof, house.*

tegmen, ĭnis, n., *a covering.*

tĕgo, xi, ctum, v. 3, *to cover.*

telum, i, n., *a dart, weapon.*

tempestas, ātis, f., *a storm, time.*

templum, i, n., *a temple.*

tempus, ŏris, n., *time;* in plur., some-times *the temples.*

tĕneo, ŭi, tentum, v. 2, *to hold, restrain, keep.*

tento, v. 1, *to try, attack.*

ter, adv., *three times.*

tergum, i, n., *the back.*

tergus, ŏris, n., *the back.*

termĭnus, i, m., *an end.*

terrĕo, v. 2, *to frighten.*

tĕro, trīvi, trītum, v. 3, *to rub, waste, pound.*

terra, ae, f., *the earth, land.*

terrestris, e, adj., *earth-, land-.*

terrĭto, v. 1, freq., *to terrify.*

tertio, adv., *for the third time.*

tertius, a, um, adj., *third.*

theātrum, i, n., *a theatre.*

thēsaurus, i, m., *treasure, a treasury.*

tiăra, ae, f., *a crown, chaplet, tiara.*

tībĭcen, ĭnis, n., *a flute-player.*

tignum, i, n., *a log.*

tĭmeo, ŭi, v. 2, *to fear.*

tĭmĭdus, a, um, adj., *timid, frightened.*

tingo, inxi, inctum, v. 3, *to moisten, dye.*

tŏlĕro, v. 1, *to endure.*

tollĕno, ōnis, m., *a swing-beam.* (tollo.)

tollo, sustŭli, sublātum, v. 3, irreg., *to raise, carry off, destroy.*

torqueo, torsi, tortum, v. 2, *to twist.*

tot, num., *so many, as many.*

tōtus, a, um, adj., *whole.*

tracto, v. 1, freq., *to treat, handle.*

trādo, trādĭdi, trādĭtum, v. 3, *to deliver, give up, relate.* (trans-do.)

tragoedia, ae, f., *a tragedy.*

trăho, xi, ctum, v. 3, *to draw.*

trāiicio, iēci, iectum, v. 3, *to throw over, cross, pierce.* (trans-iacio.)

trans, prep., *across.*

transeo, ii, item, v. 4, *to cross over, pass through.*

transfīgo, xi, xum, v. 3, *to transfix.*

transfūga, ae, c., *a deserter.*

transfūgio, fūgi, v. 3, *to flee over, desert.*

transĭtus, ūs, m., *a crossing, passage.*

transporto, v. 1, *to carry across, remove, drag along, win over.*

transvĕho, xi, ctum, v. 3, *to carry across.*

trēcenti, ae, a, num., *three hundred.*

trĕmo, ui, v. 3, *to shake, tremble.*

trēs, trĭa, num., *three.*

trĭbuo, ŭi, ūtum, v. 3, *to assign, allow.*

trĭceps, cĭpĭtis, adj., *three-headed.* (trēs-căpŭt.)

trĭfāriam, adv., *in three ways, into three parts.*

trīginta, num., *thirty.*

triplex, ĭcis, adj., *threefold.*

trĭpŭdĭo, v. 1, *to dance, caper.*

trĭpus, ŏdis, m., *a tripod.*

trĭrēmis, adj., *having three banks of oars*, subst. *a trireme.*

tristis, e, adj., *sad.*

trŏchĭlus, i, m., *a wagtail.*

trŭcīdo, v. 1, *to slay.*

tu, pron., *thou.*

tŭgŭrium, ii, n., *a hut.* (tego.)

tum, adv., *then, also.* See quum.

tŭmultus, ūs, m., *a noise, tumult, disturbance.*

tŭmŭlus, i, m., *a mound, tomb.*

tunc, adv., *then.*

tunĭca, ae, f., *a tunic.*

turba, ae, f., *a crowd.*

tūrĭfer, ĕra, ĕrum, adj, *frankincense-bearing.* (tus-fĕro.)

turpis, e, adj., *disgraceful, ugly.*

turpĭter, adv., *disgracefully.*

turris, is, f., *a tower.*

tūs, tūris, n., *frankincense.*

tussio, v. 4, *to cough.*

tūtor, v. 1, dep., *to watch, protect.*

tūtus, a, um, adj., *safe.*

tuus, a, um, pron., *thine.*

tўrannus, i, m., *a tyrant.*

Ŭbĭ, adv., *where, when.*

ŭbĭcunque, adj., *wherever.*

ŭbĭque, adj., *everywhere.*

ullus, a, um, adj., *any.*

ulna, ae, f., *the elbow, arm.*

ultĕrior, us, adj. (no positive), *further.*

ultimus, a, um, adj., *furthest, extreme, greatest, last.*

ultrā, adv. and prep., *beyond.*

ultrix, icis, adj., *avenging*, as subst. *an avenger.*

ŭlŭlātus, ūs, m., *a howling.*

umbĭlĭcus, i, m., *the middle of the body.*

umbra, ae, f., *a shadow.*

ūnā, adv., *together.*

undĕcĭmus, a, um, num. adj., *eleventh.*

undīque, adv., *from all sides.*

unguis, is, m., *a nail, hoof, claw.*

ungŭla, ae, f., *a hoof, claw.*

ūnĭcus, a, um, adj., *single, singular, only.*

ūnĭversus, a, um, adj., *general, whole.*

ūnŏcŭlus, a, um, adj., *one-eyed.*

unquam, adv., *ever.*

ūnus, a, um, num., *one, alone.*

unusquisque, unaquaeque, unumquidque, or quodque, pron., *each one.*

urbs, urbis, f., *a town.*

ūrīnātor, ŏris, m., *a diver.*

ūro, ussi, ustum, v. 3, *to burn.*

ursus, i, m., *a bear.*

usque, adv., *as far as.*

ūsus, ūs, m., *custom, use.*

ut, adv. and conj., *how, as, in order that, that, when.*

ŭter, ŭtra, ŭtrum, pron., *which of two.*

ŭter, tris, m., *a wineskin.*

ŭtercunque, utracunque, utruncunque, pron., *whichever of the two, either.*

ŭterlibet, ŭtralibet, ŭtrumlibet, pron., *whichever of the two, either of the two.*

ŭterque, ŭtraque, ŭtrumque, pron., *each.*

ūtĭlis, e, adj., *useful.*

ūtīque, adv., *certainly.*

ūtor, ūsus, v. 3, dep., *to use, enjoy.*

ŭtrinque, adv., *on both sides.*

ŭtrum, adv., *whether.*

uva, ae, f., *a grape.*

uxor, ōris, f., *a wife.*

Văcŭus, a, um, adj., *empty.*

valdē, adv., *very, very much.*

văleo, ui, v. 2, *to be well, able.*

vălētudo, inis, f., *health.*

vălĭdus, a, um, adj., *strong.*

vallis, is, f., *a valley.*

vallum, i, n., *a rampart.*

vānus, a, um, adj., *vain.*

vărĭĕgatus, a, um, adj., *chequered, dappled.*

vărĭus, a, um, adj., *different.*

vās, vāsis, n., *a vessel, plate.*

vasto, v. 1, *to ravage.*

vātes, is, c., *a seer.*

vātĭcĭnium, ii, n., *a prophecy.*

vĕ, conj., *or.*

K

vectŭra, ae, f., *a conveyance, bringing*.
věhěmens, entis, adj., *vigorous, earnest, violent*. •
věhěmenter, adv., *vigorously, earnestly, greatly*.
věho, xi, ctum, v. 3, *to carry ;* passive, *to ride*.
věl, conj., *or, even*.
vēlōcĭtas, atis, f., *swiftness*.
vēlum, i, n., *a sail*.
vělŭti, adv., *as if*.
vēna, ae, f., *a vein*.
vēnātio, ōnis, f., *hunting*.
vēnātor, ōris, m., *a hunter*.
vendo, dĭdi, dĭtum, v. 3, *to sell*.
věnēno, v. 1, *to poison*.
věnēnum, i, n., *poison*.
věnia, ae, f., *pardon, leave*.
věnio, vēni, ventum, v. 4, *to come*.
vēnor, v. 1, dep., *to hunt*.
venter, tris, m., *a belly*.
ventus, i, m., *a wind*.
vēr, vēris, n., *the spring*.
verber, ěris, n., *a blow*.
verběro, v. 1, *to beat*.
verbum, i, n., *a word*.
vērē, adv., *truly*.
věreor, ĭtus, v. 2, dep., *to fear*.
vēro, adv., *surely, but, indeed*.
versor, v. 1, dep., *to dwell, live*.
versus, adv. and prep., *towards*.
vertex, ĭcis, m., *a whirlpool, top of the head, summit*.
verto, ti, sum, v. 3, *to turn*.
vērum, adv., *truly, but, yet*.
vērus, a, um, adj., *true, real*.
vescor, v. 3, dep., *to feed, feed on*.
vespertĭlio, onis, m., *a bat*.
vester, tra, trum, pron. adj., *your*.
vestĭbŭlum, i. n., *an entrance*.
vestĭmentum, i, n., *a dress*.
vestis, is, f., *a garment*.
věto, ui, ĭtum, v. 1, *to forbid*.
via, ae, f., *a way*.
vic, vĭcis, f., *a change, turn.* (nom. not used.)
vīcesĭmus, a, um, num. adj., *twentieth*.
vīcinia, ae, f., *a neighbourhood*.
vĭcissim, adv., *in turn.* (vic.)

victĭma, ae, f., *a victim*.
victĭto, v. 1, freq., *to live*.
victōria, ae, f., *a victory*.
victrix, īcis, f., *a victress,* as adj. *victorious.* (vinco.)
victus, ūs, m., *provisions, a way of living*.
vĭdeo, vīdi, vīsum, v. 2, *to see*.
vĭdeor, vīsus, v. 2, dep., *to seem, seem good, be seen*.
vĭdua, ae, f., *a widow*.
vīginti, num., *twenty*.
vīmĭneus, a, um, adj., *of twigs, wicker*.
vincio, vinxi, vinctum, v. 4, *to bind*.
vinco, vīci, victum, v. 3, *to conquer prevail*.
vincŭlum, i, n., *a chain*.
vindicta, ae, f., *revenge*.
vīnum, i, n., *wine*.
vĭr, vĭri, m., *a man*.
virgo, ĭnis, f., *a virgin*.
vĭrīlis, adj., *manly*.
virtus, ūtis, f., *valour, virtue*.
vis, f., *force, violence, a quantity ;* in plur. vīres, ĭum, *strength*.
viscěra, um, n., *the entrails*.
vīsio, ōnis, f., *an appearance, vision*.
vīsĭto, v. 1, freq., *to visit, frequent*.
visum, i, n., *a vision*.
vīsus, ūs, m., *a sight, appearance, seeing, vision*.
vīta, ae, f., *life*.
vītis, is, f., *a vine*.
vīvo, vixi, victum, v. 3, *to live*.
vīvus, a, um, adj., *alive*.
vix, adv., *scarcely, with difficulty*.
vŏco, v. 1, *to call*.
vŏlo, vŏlui, velle, v. irreg., *to wish*.
vŏlŭcer, cris, e, *winged,* as subst. vŏlŭcris, is, f., *a bird*.
vŏrago, ĭnis, f., *a whirlpool*.
vōtum, i, n., *a vow, offering, wish*.
vox, vōcis, f., *a voice, sound*.
vulněro, v. 1, *to wound*.
vulnus, ěris, n., *a wound*.
vulpes, is, f., *a fox*.
vultus, ūs, m., *a face, look*.

Zóna, ae, f., *a belt*.

PROPER NAMES.

The English form is given only when different from the Latin.

A.

Abȳdēnus, a, um, adj.,
    of Abydos.
Abȳdos, i, f.
Acĕrătus, i, m.
Adīmantus, i, m.
Admētē, ēs, f.
Adrastus, i, m.
Aegīna, ae, f.
Aegīnensis, e, adj.,
    Aeginetan.
Aegyptius, a, um, adj.,
    Egyptian.
Aegyptus, i, f., *Egypt.*
Aethiops, ŏpis, n., *an
    Ethiopian.*
Afri, ōrum, m., *the
    Africans.*
Agăristē, ēs, f.
Agis, ĭdis, m.
Alcĭbiădes, is, m.
Alcmaeon, ōnis, m.
Alcmaeonĭdae, ārum, c.
Alexander, dri, m.
Amāsis, is, m.
Amăthus, untis, f.
Amāthūsius, a, um,
    adj., *of Amathus.*
Amazōnes, um, f., *the
    Amazons.*
Amīnias, ae, m.
Anacreon, ontis, m.
Anaxăgŏras, ae, m.
Antisthĕnes, is, m.
Aphĕtae, ārum, f.
Apollo, ĭnis, m.
Arăbes, um, m., *the
    Arabs.*
Arăbia, ae, f.
Araxes, is, m.
Arcădia, ae, f.
Ardĕricca, ae, f.
Argĭpaei, orum, m.

Argīvus, a, um, adj.,
    Argive.
Argŏlis, ĭdis, f.
Argos, i, *or* Argi, ōrum, m.
Argus, i, m.
Arīon, ŏnis, m.
Ariphron, ŏnis, m.
Aristăgŏras, ae, m.
Aristīdes, is, m.
Aristippus, i, m.
Aristŏdēmus, i, m.
Artăbānus, i, m.
Artăphernes, is, m.
Artaxerxes, is, m.
Artayctes, ae, m.
Artĕmīsia, ae, f.
Artĕmīsium, i, n.
Artўbius, i, m.
Asia, ae, f.
Assȳria, ae, f.
Assȳrius, a, um, adj.,
    Assyrian.
Astyăges, is, m.
Athēna, ae, f.
Athēnae, ārum, f.,
    Athens.
Athēniensis, e, adj.,
    Athenian.
Athos, i, m.
Atlas, antis, m.
Attĭca, ae, f.
Attĭcus, a, um, adj.,
    Attic, of Athens.
Atys, yos, m.
Augeas, ae, m.

B.

Băbȳlon, ōnis, f.
Băbȳlōnius, a, um, adj.,
    Babylonian.
Bacchus, i, m.
Barca, ae, f.
Barcaei, ōrum, m.

Bĕrĕnīcē, ēs, f.
Bias, antis, m.
Bistŏnes, um, m.
Bīto, ōnis, m.
Būbastis, is, f.
Byzantium, i, n.

C.

Callīmăchus, i, m.
Cambȳses, is, m.
Car, is, m., *a Carian.*
Carthāgo, ĭnis, f.,
    Carthage.
Carthāgĭniensis, e, adj.,
    Carthaginian.
Cartŏmes, is, m.
Caspatȳrus, i, f.
Căto, ōnis, m.
Cerbĕrus, i, m.
Cĕres, ĕris, f.
Cĭlĭcia, ae, f.
Cīmon, ōnis, m.
Clĕŏbis, is, m.
Cleŏmĕnes, is, m.
Clisthĕnes, is, m.
Clītus, i, m.
Cŏnon, ōnis, m.
Cŏrinthius, a, um, adj.,
    Corinthian.
Cŏrinthus, i, f., *Corinth.*
Crēta, ae, f.
Crĭtias, ae, m.
Croesus, i, m.
Cyaxăres, is, m.
Cȳme, ēs, f.
Cynaegīrus, i, m.
Cȳprius, a, um, adj.,
    Cyprian.
Cȳprus, i, f.
Cȳrēnaeus, a, um, adj.
    of Cyrene.
Cȳrus, i, m.

D.

Dārĭus, i, m.
Dātis, ĭs, m.
Dēlĭus, a, um, adj.,
    of Delos, Delian.
Dēlos, i, f.
Delphenses, ium, m.,
    the Delphians.
Delphi, ōrum, m.
Delphĭcus, a, um, adj.,
    Delphian.
Dēmārātus, i, m.
Dēmētrĭus, i, m.
Dēmŏcēdes, ĭs, m.
Dĭdȳmi, ōrum, m.
Diēnĕces, ĭs, m.
Dĭŏgĕnes, ĭs, m.
Dĭomēdes, ĭs, m.
Dĭŏnȳsĭus, i, m.
Dŏriscus, i, f.

E.

Elaeuntīni, ōrum, m.,
    the people of Elaeus.
Elaeus, untis, f.
Elis, ĭdis, f.
Ennĭus, i, m.
Epămīnondas, ae, m.
Ephialtes, ĭs, m.
Ephŏrus, i, m., an
    Ephor.
Epĭzēlus, i, m.
Erāsīnus, i, m.
Eretria, ae, f.
Eretrĭensis, e, adj., of
    Eretria.
Erȳmanthus, i, m.
Erythĭa, ae, f.
Euboea, ae, f.
Euboeensis, e, adj., of
    Euboea.
Euergĕtes, ae, m.
Euphrātes, ĭs, m.
Eurōpa, ae, f., Europe.
Eurybĭădes, ĭs, m.
Eurystheus, i or eos, m.
Eurytĭon, ōnis, m.

G.

Gărămantes, um, m.
Gērȳones, ae, m.
Gobrĭas, ae, m.

Gordĭas, ae, m.
Gorgo, ūs, f.
Graecĭa, ae, f., Greece.
Graecus, a, um, adj.,
    Greek, Grecian.
Gȳges, ae, m.

H.

Harpăgus, i, m.
Hegesistrătus, i, m.
Hĕlĕna, ae, f.
Hēlĭos, i, m.
Hellenīce, ēs, f.
Hellespontus, i, m.
Hĕphaestĭon, ōnis, m.
Hercŭles, ĭs, m.
Hercŭleus, a, um, adj.,
    of Hercules.
Hermes, ae, m.
Hespĕrĭdes, um, f.
Hĭlōta, ae, m., a Helot.
Hippĭas, ae, m.
Hippoclīdes, ae, m.
Hippŏlȳtē, ēs, f.
Hispānĭa, ae, f., Spain.
Histĭaeus, i, m.
Hydarnes, ĭs, m.
Hydra, ae, f.

I.

Icărĭum mare, n., the
    Levant sea.
Icthyophăgi, ōrum, m.
Indĭa, ae, f.
Indus, a, um, adj.,
    Indian.
Infĕri, ōrum, m., the
    gods below.
Infĕrae, ārum, f., the
    goddesses below.
Iōnes, um, m., the
    Ionians.
Iōnĭa, ae, f.
Issēdŏnes, um, m.
Issus, i f.
Ister, tri, m., the river
    Danube.
Isthmus, i, m., the
    isthmus of Corinth.
Itălĭa, ae, f., Italy.
Iūno, ōnis, f.
Iuppĭter, Iŏvis, m.

L.

Lăbȳnētus, i, m.
Lăcaena, ae, f.
Lăcĕdaemon, ŏnis, f.
Lăcĕdaemŏnĭus, a, um,
    adj., Lacedaemonian.
Lăcōnĭa, ae, f.
Lăcŏnĭcus, a, um, adj.,
    Laconian, Lacedae-
    monian.
Ladĕ, ēs, f.
Lampsăcus, i, f.
Lemnos, i, f.
Leo, ōnis, m.
Leonĭdas, ae, m.
Lesbĭus, a, um, adj.,
    of Lesbos, Lesbian.
Lesbos, i, f.
Lĭbya, ae, f.
Libyes, um, m., the
    Lybians.
Lȳdĭa, ae, f.
Lȳdus, a, um, adj., of
    Lydia, Lydian.
Lȳsagŏras, ae, m.
Lȳsander, dri, m.
Lȳsĭmăchus, i, m.

M.

Măcĕdŏnes, um, m.,
    the Macedonians.
Măcĕdŏnĭa, ae, f.
Maeandrĭus, i, m.
Magnēsĭa, ae, f.
Măgus, i, m.
Mandāne, ēs, f.
Mărăthon, ōnis, f.
Marcĭa, ae, f.
Mardŏnĭus, i, m.
Mars, tis, m.
Massăgĕtae, ārum, m.
Mēdĭcus, a, um, adj.,
    Median.
Mēdus, a, um, adj.,
    Median.
Mĕgacles, ĭs, m.
Mĕgăbazus, i, m.
Mĕgăra, ae, f. ; or
    Mĕgăra, ōrum, n.
Memphis, ĭs and īdis, f.
Mīlēsĭus, a, um, adj.,
    of Miletus.

Milētus, i, f.
Miltiădes, is, m.
Mīnerva, ae, f.
Mīnos, ois, m.
Mītrŏbătes, is, m.
Moeris, ĭdis, f.
Mȳsus, a, um, adj., *of
Mysia.*

N.

Nāsīca, ae, m.
Naxii, ōrum, m.
Naxos, i, f.
Nĕmea, ae, f.
Neptunus, i, m., *Nep-
tune.*
Nīlus, i, m.
Nīnius, a, um, adj., *of
Ninus.*
Nīnus, i, m.
Nŏmădes, um, m.

O.

Oedĭpus Cŏlōneus, *Oedi-
pus at Colonus, a
play of Sophocles.*
Olympia, ae, f.
Olympĭcus, a, um, adj.,
of Olympia, Olympic.
Olympus, i, m.
Onesĭlus, i, m.
Oroetes, ae, m.
Otănes, is, m.

P.

Pan, is, m.
Panĭtēs, ae, m.
Părius, a, um, adj., *of
Paros.*
Parnassus, i, m.
Păros, i, f.
Parrhăsius, i, m.
Pĕlŏponnēsius, a, um,
adj., *Peloponnesian.*
Pĕlŏponnēsus, i, f.
Pĕriander, dri, m.
Pĕricles, is, m.
Persa, ae, m., *a Persian.*
Persĭcus, a, um, adj.,
Persian.
Phălĕrum, i, n.

Phĭdippĭdes, is, m.
Phĭlippus, i, m., *Philip.*
Phĭloctētes, is, m.
Phōcion, ōnis, m.
Phoenīces, um, m., *the
Phoenicians.*
Phoenīcia, ac, *or* Phoe-
nīcē, ēs, f.
Phrȳges, um, m.
Phrȳgia, ae, f.
Phrynĭchus, i, m.
Pīsistrătus, i, m.
Plătaecnsis, e, adj., *of
Plataea.*
Plătaea, ae, f.
Pŏliorcētes, is, m.
Pŏlȳcrătes, is, m.
Pontĭcum, i, n.
Pontus, i, m., *the
Black Sea.*
Pŏseidon, ōnis, m.
Praexaspes, is, m.
Prăsias, ae, m.
Prōtĕsĭlaus, i, m.
Prōteus, ei *or* eos, m.
Psammetĭchus, i, m.
Ptŏlĕmaeus, i, m.
Pȳtheas, ae, m.
Pȳthia, ae, f., *the
priestess of Apollo at
Delphi.*
Pȳthius, a, um, adj.,
Pythian.
Pȳthius, i, m.

R.

Rhacŏces, is, m.
Rhampsĭnītūs, i, m.
Rōma, ae, f., *Rome.*
Rōmānus, a, um, adj.,
Roman.

S.

Săgartii, ōrum, m.
Sălămīnius, a, um, adj.,
Salaminian.
Sălămis, īnis, f.
Sāmius, a, um, adj.,
Samian.
Sămos, i, f.
Sandŏces, is, m.

Sardes, ium, f.
Scīpio, ōnis, m.
Scīto, ōnis, m.
Scyllias, ae, m.
Scȳtha, ae, m., *a
Scythian.*
Scȳthĭcus, a, um, adj.,
Scythian.
Semiramis, idis, f.
Servius, i, m.
Sestos, i, f.
Sĭcilia, ae, f., *Sicily.*
Sĭcyon, ōnis, f.
Sĭcyonius, a, um, adj.,
of Sicyon.
Sōcrătes, is, m.
Sŏlōn, ōnis, m.
Sŏphănes, is, m.
Sŏphŏcles, is, m.
Sparta, ae, f.
Spartānus, a, um, adj.,
Spartan.
Stenŏsor, ōris, m.
Stēsĭlaus, i, m.
Stilpo, ūnis, m.
Stymphālius, a, um,
adj., *Stymphalian.*
Stymphālus, i, f.
Sūnium, i, n.
Sūsa, ōrum, n.
Syloson, ontis, m.
Sȳrācūsānus, a, um,
adj., *Syracusan.*

T.

Taenărum, i, n.
Tărentum, i, n.
Tartăra, ōrum, n., *the
infernal regions.*
Tēïus, a, um, adj., *of
Teos.*
Tellus, i, m.
Tēnos, i, f.
Thălea, is *or* ētis, m.
Thăsius, a, um, adj.,
of Thasos.
Thēbānus, a, um, adj.,
Theban.
Thēbae, ārum, f.
Thĕmistŏcles, is, m.
Theodōrus, i, m.
Thĕramĕnes, is, m.

Thermŏpўlae, arum, f.
Thessălia, ae, f.
Thrāces, um, m.
Thrăsўbūlus, i, m.
Timo, ūs, f.
Tīryns, ynthis, f.
Tisander, dri, m.
Tomўris, is, f.
Trachinius, a, um, adj.,
   of *Trachis.*
Troezēnius, a, um, adj.,
   of *Troezen.*

Troglŏdўtae, ārum, c.
Troia, ae, f.
Tyrrhēnus, a, um, adj.,
   Etrurian.

U.

Ulysses, is, m.

V.

Vălĕria, ae, f.
Vulcānus, i, m., *Vulcan.*

X.

Xanthippus, i, m.
Xerxes, is, m.

Z.

Zēno, ōnis, m.
Zeuxis, ĭdis, m.
Zōpўrus, i, m.

www.ingramcontent.com/pod-product-compliance
Lightning Source LLC
Chambersburg PA
CBHW021115020726
47500CB00003B/767